文豪
ストレイドッグス
太宰、中也、十五歳
CONTINUE ?
7

爆発の中心にいたのは——
先代ではなかった。
全く似ても
似つかぬ姿であった。
そいつは人間ですらなかった。

獣《けもの》。
黒き獣だった。

# 目次

# 文豪ストレイドッグス

## 太宰、中也、十五歳

朝霧カフカ

21744

角川ビーンズ文庫

口絵・本文イラスト／春河35

# Prologue

くっきりと青い空に、小型の軽旅客機《けいりょかっき》が飛行していた。

乗客は一人きり。黒い服にサングラスをかけた男だ。青白い顔に、びっしり汗《あせ》が浮《う》かんでいる。誰《だれ》もいない機内を、不安げにきょろきょろと見回している。

夜風に怯《おび》える稚児《ちご》のように体を丸め、両手で拳銃《けんじゅう》をお守りのように握《にぎ》りしめていた。

男はマフィアだった。

彼はある強大な組織から、命からがら逃《に》げ出したところだった。

ふと、コンコン、とノックの音が聞こえた。

男は飛び上がり、音のしたほうを見た。窓の外を。

窓の外には——少年がいた。

年齢《ねんれい》は十四、五歳ほど。窓の外から、機内に笑顔《えがお》を送っている。

ありえない光景だ。ここは上空五百米《メートル》、飛行する旅客機の中なのだから。

『よぉ。邪魔《じゃま》するぜ』

窓の外の少年が、唇《くちびる》の動きだけでそう云《い》った。

「ひ……《羊《ひつじ》の王《おう》》！」マフィアの男が悲鳴めいた叫《さけ》び声をあげた。

マフィアが飛び退《の》くのとほぼ同時に、少年が窓を蹴り砕いた。

機内に暴風が吹《ふ》き荒《あ》れた。

気圧差で機内の空気が吸い出され、機体が激しく振動《しんどう》した。だがマフィアの男は暴風も振動も気にしなかった。兎に角少年から離れるべく、床《ゆか》を這《は》ってもがいた。

その背中を、少年の足が踏《ふ》みつけた。

「ポートマフィアの銃運びが、このくらいでビビるんじゃねえよ」

楽しげな声で少年が云った。深い暗緑色のライダースーツに、獅子《しし》のような赭色《しゃしょく》の髪《かみ》をした少年だ。

少年は手近な椅子《いす》を素手《すで》でもぎ取った。それから椅子を放《ほう》り投げた。椅子が割れた窓に張りつき、蓋《ふた》のように風を防いだ。それで室内の暴風は幾《いく》らかは落ち着いた。

「ゆ……許してくれ！」マフィアの男は少年の足の下でもがいた。「お前達……《羊》の縄張《なわば》りを荒らしたことは謝る！　仕方がなかったんだ！」

「ああ、仕方なかっただろうよ。ポートマフィアのクソ野郎《やろう》共ともあろう者が、知らない筈《はず》がねえもんな。俺達《羊》を攻撃《こうげき》した奴《やつ》は、必ず百倍の報復を喰《く》らうって事くらい。……心配すんな、お前以外の襲撃犯《しゅうげきはん》は全員ぶっ殺した。安心して仲間のとこに行きな」

マフィアの男は床に転がった銃に手を伸《の》ばそうとした。だができなかった。指一本を、ほんの少し床から持ち上げることすらできなかった。それどころか顔が歪《ゆが》み、骨が軋《きし》むほど床に押しつけられ、呻《うめ》くことしかできなかった。少年は軽く足を乗せているだけなのに。

重力だ。己《おのれ》の身体《からだ》にかかる重力が、数十倍にも増しているのだ。

「いいね。流石《さすが》はポートマフィアだ」少年は愉快《ゆかい》そうに云った。「俺の重力を喰らった状態で、反撃を考えるなんてな。……いいだろう、やってみな。だがその前にひとつ答えろ。何故《なぜ》俺達の縄張りを襲《おそ》った？」

「襲いたかった、訳、では……ない！」マフィアは押しつけられ変形した肺の空気を絞《しぼ》り出すように云った。「やむを得なかった……俺の担当の保管武器庫を、破壊《はかい》されたから……あの厄《やく》災《さい》の神に。地獄《じごく》から蘇《よみがえ》った……黒い炎《ほのお》の《荒覇吐《アラハバキ》》に……！」

「《荒覇吐》だと？」

少年の笑顔が消えた。

重力がほんの一瞬《いっしゅん》だけ弱まった。

その隙《すき》にマフィアは転がって少年から逃《のが》れ、床に落ちていた銃を摑《つか》んで少年に向けた。銃を扱《あつか》い慣れた者だけが可能な、流れるような動作だった。

少年は何も云わず、ポケットに手を突《つ》っ込んだまま、冷ややかにマフィアを見下ろした。

「いいぜ、撃《う》て。どうなるか試《ため》してみな」

「死ね……《羊の王》、中原中也《なかはらちゅうや》！」

マフィアが引き金を引いた。

無表情の少年はポケットに手を入れたまま半回転し、弾丸を蹴った。

亜音速《あおんそく》の弾丸《だんがん》が爪先《つまさき》と衝突《しょうとつ》。

等速度で逆向きに跳《は》ね返された弾丸は、マフィアの男の喉《のど》に突き刺《さ》さった。男は派手に出血し、仰向《あおむ》けに倒《たお》れた。

少年はふわりと半回転し、元の場所に着地した。そして云った。

「ポートマフィアは、俺が全員ぶっ殺す」

# Phase.01

男は困っていた。

兎に角困っていた。

書類とにらめっこをし、煙草《たばこ》を吸い、椅子から立ち上がって伸びをし、壁《かべ》に貼《は》られた数学の群れを見つめ、眉間《みけん》を指で揉《も》み、また座り、死にかけた牛のようにうーんと呻き、また書類を睨《にら》んだ。

彼の目の前に、無意味な幾何学《きかがく》図形が浮かんでは消えた。

「これは……どうにもならないねえ……」

適当に後ろに撫《な》でつけた黒髪。着古した白衣。端《はじ》の破れたサンダル。首からは聴診器《ちょうしんき》。目の下には青い隈《くま》。

その男は、どう見ても医者だった。

ついでに付け加えるなら、そこは雑然とした場末の診療所《しんりょうじょ》だった。聴診器、医療カルテ、本《ほん》棚《だな》には専門書。机の前の壁には、レントゲンフィルムを吊《つ》り下げて観察するための発光シャウカステンが設置されている。

いかにも医者の部屋に立つ、いかにも医者の男。

だが彼は医者ではなかったし、そこは医院ではなかった。

世界で最も病院からかけ離れた場所だった。

「密輸銃の納入期限が二週間も過ぎてる。これじゃあもうじき、部下は全員キッチンナイフで敵と戦う羽目になるよ。それだけじゃない。市警が出動した暴力事件が今月だけでもう三件起きている。末端《まったん》構成員が制御《せいぎょ》しきれなくなっているのだね」

男は書類束を見ながら云った。

男の名は森鷗外《もりおうがい》。

強大な非合法組織・ポートマフィアを統《す》べる首領であり——そして、つい一年前に首領の地位に就《つ》いたばかりの、新人指導者だった。

「保護ビジネスの契約《けいやく》解除。他組織との抗争《こうそう》激化。縄張りの縮小。困ったねえ……。首領になってから一年、問題が山盛りだ。組織の頂点に立つのがこれほど大変とは……ひょっとして向いてないのかなあ？　どう思う、太宰《だざい》君。私の話、聞いてる？」

「聞いてますん」

「どっち？」

森鷗外の問いかけに答えたのは、傍《かたわ》らの医療用スツールに腰掛《こしか》けた少年だった。

頭には黒い蓬髪《ほうはつ》、額には白い包帯。大きすぎる黒背広を羽織った、痩《や》せた小柄《こがら》な少年。

太宰治《おさむ》——その齢《よわい》、十五歳。

「だって森さんの話、いつも退屈《たいくつ》なんだもの！」太宰は医療用薬品の瓶《びん》をもてあそびながら云《い》った。「このところお経みたいに唱えてる。お金がない、情報がない、部下からの信用がない。そんなの最初から判《わか》っていた事だろうに」

「そりゃそうなんだけどねえ……」困ったように頭を掻《か》いてから、ふと森は云った。「ところで太宰君。何故君は薬品庫にある筈の高血圧の薬と低血圧の薬を混ぜているのかね？」

「え？　まとめて飲んだら何か凄《すご》いことが起こって楽に死ねるかと思って」

「死ねません！」森は薬品瓶をふんだくった。「全く、どうやって薬品庫の鍵《かぎ》を開けたんだ？」

「やだやだ、死にたい！」太宰は両手をばたばたさせた。「詰《つ》まんないから死にたい！　なるべく楽に簡単に死にたい！　森さんなんとかして！」

「大人しくいい子にしていたら、そのうち薬品の調合法を教えてあげよう」

「嘘《うそ》！　そう云って僕をこき使って、一年前にあれだけ大変な思いをさせといて、結局教えてくれないじゃあないか！　こうなったら裏切って敵組織についてやる！」

「適当な思いつきを喋《しゃべ》るのはやめなさい、いい子だから。裏切ったりしたら楽に死ねなくなるよ」森は苦笑《くしょう》するしかない。

「ああ……退屈だなあ。この世界はなんて詰まんないんだろう」

スツールから伸びた細い脚《あし》をぶらぶらさせる太宰。

太宰は森の部下ではない。マフィアですらない。勿論隠《もちろんかく》し子でも、拾った孤児《こじ》でも、医療助手でもない。太宰と森との関係を正確に言い表す言葉は存在しない。

あえて現実に近い単語を用意するとするなら――運命共同体だ。

「そもそもだね、太宰君」森はため息をついて云った。「君は私が先代から首領の座を継承《けいしょう》した時、その場にいた唯一《ゆいいつ》の人間。つまり遺言《ゆいごん》の証言者なのだよ。そう簡単に死なれては困る」

二人が運命共同体となったのは、一年前のこと。首領専属の侍医《じい》であった森と、担《かつ》ぎ込まれた自殺未遂患者《みすいかんじゃ》に過ぎなかった太宰が結託《けったく》して、ある秘密作戦を実行した。

ポートマフィア先代首領の暗殺。

そして遺言の捏造だった。

「アテが外れたね」

太宰が妙《みょう》に澄《す》んだ声で云った。

「何のことだい？」

「自殺未遂の患者を共犯者に選んだのは凄く良い人選だったのに。一年経《た》っても、こうして僕は生きている。おかげで不安の種は消えないままだ」

一瞬《いっしゅん》、森は自分の内臓に、冷たい氷を押しつけられたような気がした。

「……何の話をしているのかな？」

「判ってるくせに。不安の種っていうのは、先代暗殺が外部に漏《も》れないかどうかの不安だよ」

太宰の表情は相変わらず内面を読ませない。氷点下の湖面のように静かだ。

「アテが外れたとは、どういう意味かな」森はたしなめるように眉《まゆ》をひそめてみせた。「アテが外れてなんかいない。君と私とで、みごとに作戦を遂行してみせたじゃあないか。一年前に。大変だったから、もう二度とやりたくないけれどね」

「作戦は完了《かんりょう》してない」太宰は冷たい目をして云った。「作戦っていうのは、暗殺と遺言捏造《ねつぞう》に関《かか》わった人間の口が封じられて初めて完了って云うんだ。でしょ？」

森の内側で感情が激しく波打った。

「……君は……」

少年の視線が、静かに森を貫《つらぬ》いてくる。まるで人体内を透視《とうし》する医療機器のように。

「その点、僕は共犯者としては適任だった。だって、誰《だれ》も疑わないから。僕の証言で貴方《あなた》が次の首領になった後――僕が動機不明の自殺を遂げたとしても」

医師と少年は、しばらくの間、無言の視線を交《か》わしあった。死神と獄卒《ごくそつ》が睨み合っているかのような瘴気《しょうき》が部屋に満ちた。

森の頭の中で、何度目になるか判らない単語が警報のように反響《はんきょう》した。

計算違い。

お前は計算違いをした。

最適解を読み損《そこ》ねたのだ。

この子供を共犯者に選ぶべきではなかったのだ。

太宰は底が知れない。彼が時折見せる、悪夢めいた思考の鋭《するど》さ。観察眼。マフィアという鬼《おに》の巣の中にあって尚《なお》例のない、凍《こご》える怜悧《れいり》さ。

「……なんてね。適当な思いつきを云って偉《えら》い人を困らせるのは楽しい。最近の娯楽《ごらく》です」太宰は急にぼやっとした顔に戻《もど》って云った。

森はそんな太宰を黙《だま》って観察した。

鋭いかと思えば、すぐにその怜悧さを消す。何もかも見通しているように見えた直後には、意味不明で理解不能な自殺嗜癖《しへき》で周囲を煙《けむ》に巻く。

首領になるまで想像だにしなかったことだが、彼の言動はある人物を想起させた。

「君に似た人を知っている」森は思わず云った。

「誰？」

首をかしげる太宰の質問には答えず、森は小さく微笑《ほほえ》んだ。

「兎《と》に角、大人をからかうのはやめなさい。私が君を口封《くちふう》じ？　そんな訳がないだろう。第一、私がその心算《つもり》なら、とっくにやってる。呼吸より簡単にね。私が今年に入ってから何度君の自殺を阻止《そし》したと思ってる？　大変なのだよ、あれ。一度なんか椅子《いす》の下の爆弾《ばくだん》を解除するために、映画の主人公みたいな事までしたのだよ？」

太宰に死なれる訳にはいかない。

何故《なぜ》なら——もしそんなことになれば、組織内部にまだ根強く残る先代派が『やはり首領交代は陰謀《いんぼう》だった』と騒《さわ》ぎ出すに違いないからだ。

既《すで》に今年に入ってから二件、〝先代派〟と呼ばれる構成員による森への暗殺計画を阻止している。無論裏切者は処刑《しょけい》したが、水面下に森を認めない〝先代派〟がどれだけいるのか、想像もつかない。

だから太宰を死なせる訳にはいかない。

そして——この一年、太宰を手元に置いてきて、彼を死なせるべきでない理由が、もうひとつ出来ていた。

「太宰君。君がそんなに望むのなら、楽になれる薬品を都合してあげてもいい」

森はそう云いながら、机の抽斗《ひきだし》から紙片《しへん》を取り出した。そしてそこに羽根ペンでさらさらと文字を書きつけた。

「本当?」

「その代わり、ちょっとした調査を頼《たの》みたい」森は文字を書きながら云った。「何、大した仕事じゃあない。危険もない。だが君にしか頼めない」

「うさんくさっ」太宰がじと目で森を見た。

「横浜租界《よこはまそかい》の近くにある、擂鉢街《すりばちがい》は知っているね?」森は太宰の台詞《せりふ》を無視して云った。「その近辺で最近、ある人物が現れたという噂《うわさ》が流布《るふ》している。その噂の真相を調査してきて欲しい。——これは『銀《ぎん》の託宣《たくせん》』と呼ばれる権限委譲書《いじょうしょ》だ。これを見せればマフィアの構成員は何でも云うことを聞く。好きに使い給《たま》え」

太宰は差し出された紙片と森の顔を順繰《じゅんぐ》りに見た。そして云った。

「ある人物って?」

「中《あ》ててご覧」

太宰はため息をついた。「考えたくない」

「いいから」

太宰はしばらく暗い目で森を見つめた後、重い口を開いた。

「……仮にもマフィアの最高権力者が、街の噂ごときを心配する筈《はず》がない。それだけ重要な、捨て置けない噂ってことだ。かつ、『銀の託宣』を使うほどの噂となれば、多分重大なのはその人物自体じゃあなく、噂そのものだ。真相を確かめ、発生源を潰《つぶ》しておかなくてはならない噂。流布するだけで害を為《な》す噂。ついでに専門家や優秀《ゆうしゅう》な部下達じゃあなく僕を使う理由となれば、その人物は一人しかありえない。現れたのは——先代の首領だね？」

「その通り」森は重々しく頷《うなず》いた。「世の中には、墓から起き上がってはならない人間が存在する。あの御方《おかた》の死は私がこの手で確認《かくにん》し、盛大《せいだい》な弔《とむら》いもしたのだからね」

森は自分の指先を触《さわ》った。

指先に、その瞬間の感触《かんしょく》がまだ残っている。

巨大《きょだい》な大木を切断したような感触がした。これまで仕事で何人も切ってきたが、あれ程《ほど》重い手応《てごた》えは過去のどんな手術にもない。

手術刃《メス》で先代の喉《のど》を切断し、暗殺した。そして偽装《ぎそう》をした。合併症《がっぺいしょう》で痙攣《けいれん》を起こして気道確保をする必要が生じ、喉の気道を切開した、という風に。

十四歳の少年——太宰の見ている、その目の前で。

「墓から起き上がってはならない人間、ね……」

太宰はそう云った。そしてしばらく黙った後で、仕方なさそうなため息をついて立ち上がった。

「確かに僕以外には頼めないね」そう云《い》って、太宰は差し出されていた紙片を奪《うば》い取った。

「薬。約束だよ。絶対だからね？」

森は微笑んで云った。「これが君の初仕事だ。マフィアへようこそ」

太宰はすたすたと出口に向かって歩き——ふと立ち止まった。

「ところで、さっき云ってた……僕に似た人を知ってるって、誰のこと？」

森は少しだけ微笑んだ。そして曖昧《あいまい》な悲しみの表情を滲《にじ》ませて云った。

「私だよ」

森は思う。

森に必要なものは助手だ。秘書であり、懐刀《ふところがたな》であり、優秀な右腕《みぎうで》だ。

そして何より、街医者にして裏切者、権力の簒奪者《さんだつしゃ》である自分に必要なのは、信頼《しんらい》できる部下だ。秘密の必要のない部下。氷山の頂上で独り旗を振《ふ》り続ける自分を理解してくれる部下。

森が招いた太宰という誤謬《ごびゅう》。だが、誤謬が常に悪いものであるとは限らない。使い捨ての石だと思って拾ったそれは、特大の金剛石《ダイヤモンド》の原石だった。

血塗《ちぬ》られた己《おのれ》の立場には過ぎた願いかもしれない。だが、太宰ならば、あるいは——。

「太宰君」無意識のうちに、その質問が口をついて出た。「私に理解できるかは判《わか》らないが、訊《き》かせてくれ。――何故君は死にたい？」

太宰はきょとんとした顔で森を見返した。

相手が何を訊《たず》ねているか、本気で判らない目だった。

そして云った。あどけない少年の目で。

「僕こそ訊きたいね。生きるなんて行為《こうい》に何か価値があると、本気で思ってるの？」


擂鉢街は、文字通り擂《す》り鉢《ばち》状に窪《くぼ》んだ地形にできた街だ。

かつてここで、巨大な爆発《ばくはつ》事故があった。

直径二粁《キロ》の巨大な爆発は前住民も、土地権利関係もまとめて吹《ふ》き飛ばした。後には擂り鉢状の荒野《こうや》だけが残った。

その荒野に、いつからか人々が集まり勝手に街を造りはじめた。表社会から弾《はじ》き出された、あるいは最初から存在しないことにされた日陰《ひかげ》の民《たみ》達だ。法的な緊張《きんちょう》地帯である租界に接していること、不法でも一度住めば居住権が発生すること。その二つを背景に、彼等は勝手に小屋を建て、階《きざはし》を造り、電線を引いていった。やがて爆心地は、栄光や絢爛《けんらん》に裏切られた人々が暮らす街になった。灰色の人々が住む灰色の街。

無論、官憲の目の届かぬ土地。マフィアのような非合法組織にとっても何かと縁《えん》のある土地だ。

その擂鉢街の下り坂を、太宰が歩いていた。

「ふうん、塗装《とそう》用の鍍金《メッキ》液を飲んでの自殺が外国では大変人気、か……成程なあ」

太宰は歩きながら、本を読んでいた。

真剣《しんけん》な顔だ。太宰にこの視線で見つめて貰《もら》える人間は、現在にも過去にも存在しない。

「なになに？　但《ただ》し人気の理由は単に工業塗装業者にとって手に入りやすい薬品であるからで、決して安楽な自殺法ではない。飲んだ者は、生きながら内臓を溶《と》かされる激痛に何時間も悶《もだ》えながら死ぬであろう……うえっ、試《ため》さなくて良かった！」

太宰は顔を上げ、後ろを歩いている護衛のマフィアに声をかけた。

「ねえ、今の話知ってた？　自殺する時には気をつけてね！　ええと……」

「広津《ひろつ》です」護衛のマフィアが、困った小型犬のような顔をして答えた。「その……参考にさせて頂きます」

紳士《しんし》然とした外見の、壮年《そうねん》の男だ。頭髪《とうはつ》は黒と白が交ざり合っている。このあたりの土地に詳《くわ》しいという理由で太宰に指名され、今ひとつ納得《なっとく》のいかないままに道案内兼《けん》護衛の役を任された、マフィアの構成員だった。

太宰は十五歳の童《わらべ》であり、マフィアの外部にいる人間だ。しかし彼は『銀の託宣』を持っている。古株のマフィアといえど気を遣《つか》う相手だ。しかも太宰は、森と共に先代首領《ボス》の最期《さいご》を看取《みと》った唯一《ゆいいつ》の人物。そんな人間に森は秘密の調査を命じた——何かあるに決まっている。

太宰を適当に扱《あつか》うべきではない。そう広津の勘《かん》が告げていた。長年組織の中で生き残ってきた者のみが持つ勘だ。

太宰と広津は、この日の朝から連れだって聞き込みを行っていた。

先代が目撃《もくげき》されたという情報を追って、貧民街から観光地まで。噂の主を追い、人から人へと訊ねて回る。子供と壮年の二人連れという奇妙《きみょう》な調査人だったが、太宰の奇妙なほど相手の思考を操《あやつ》る話術によって、ほとんどの人間は目撃談を話しているという自覚すらなく目撃情報を提供した。どうしても頑固《がんこ》な人間も、森から調査用にと託《たく》された紙幣《しへい》の束をちらつかせればすぐに態度を変えた。

そして太宰達は最後の聞き込みを終え、マフィア本部へと帰る途中《とちゅう》だった。

「その……太宰さん。あまり先に行きすぎませんよう。私が護衛しているとはいえ、この辺りは抗争《こうそう》地域。何が起こるか判りませぬ」

「抗争？」

広津は頷いて云った。「現在マフィアと敵対中の組織は三つあります。《髙瀬會《たかせかい》》、《ゲルハルト・セキュリテキ・サアビス》、そして三つ目の組織が、現在もこの付近で抗争を続けています。極《きわ》めて風変わりな、かつてない型《タイプ》の敵でして……正式な組織名はなく、あるのは《羊》という素朴《そぼく》な通り名だけです。今週だけでマフィアの班がふたつ落とされています。特にリーダー格の男が非常に厄介《やっかい》で、噂《うわさ》では銃弾《じゅうだん》が効かないとか」

「ふうん……道理でさっきから、向こうのほうで爆発やら銃撃戦《じゅうげきせん》の音が賑《にぎ》やかな訳だ。ま、どうでもいいけどね……」太宰は面白《おもしろ》くなさそうに云った。

ちょうどその時、太宰の懐《ふところ》から電子音が鳴った。携帯《けいたい》電話だ。

「森さんだ」太宰が携帯電話を耳に当てた。「もしもし？　うん、聞き込みは完了《かんりょう》。色々判ったよ。え？　どうやって、って……出来るよそのくらい。そうだね、結論から云うと」太宰はどうでもよさそうに云った。「先代はいたよ。蘇ったんだ。地獄《じごく》の底から——黒い炎《ほのお》に包まれて」

電話の通話口から、「何だって？」という上ずった声が聞こえた。

「目撃者が何人もいたよ。余程この世に未練でもあったのかな？」そう云って太宰は酷薄《こくはく》な笑《え》みを浮《う》かべた。「兎《と》に角、帰って詳しく報告を——」

次の瞬間。

全く前触《まえぶ》れなく、何かが太宰の胴《どう》に直撃した。

太宰が水平に吹き飛んだ。

突風《とっぷう》にあおられた花弁のように、太宰の体が飛ぶ。トタンの屋根を貫《つらぬ》き、木組みの小屋がへし折れる。井戸《いど》の垣根《かきね》を粉砕《ふんさい》しながら、太宰は擂鉢の底へと転がり落ちていく。

「《羊》だ！」広津の叫《さけ》びがみるみる遠のく。「太宰さん！」

坂道を跳《は》ねるように転がり、納屋《なや》を突《つ》き破り、土埃《つちぼこり》と建物の破片《はへん》を巻き上げて――やがて停止した。漆喰壁《しっくいへき》の簡素な建物の屋上だ。

太宰の上に、何かが乗っていた。

先程《さきほど》太宰に直撃し、吹き飛ばした何か――黒い人影《ひとかげ》だ。

「ははは！　こりゃいい！」そいつは嗤《わら》った。「ガキとはな！　泣ける人手不足じゃねえか、ポートマフィア！」

その人影は云った。

小柄《こがら》な人影だった。闇《やみ》の中の鴉《からす》のような、暗緑色のライダースーツを着た少年だ。年齢《ねんれい》は太宰と殆《ほとん》ど変わらない。

「痛いじゃあないか」太宰は仰《あおむ》向けに倒《たお》れたまま、どうでもよさそうに返答した。「僕は痛いのは嫌《きら》いなんだけど」

「お前に選択肢《せんたくし》をやろう、ガキ」ライダースーツの少年は、ポケットに手を突っ込んだまま云《い》った。「今死ぬか、情報を吐《は》いてから死ぬか。好きなほうを選びな」

「その二択《たく》、いいね。心そそられる」胴体に敵の攻撃《こうげき》を受け、地面や建物に体を打ちつけたにも拘《かか》わらず、太宰の声は平坦《へいたん》なままだった。「じゃ今殺せ」

人影は一瞬《いっしゅん》黙《だま》った。

それから、ようやくそこに人格ある人間がいることに気づいたかのように太宰を見た。「ふん。泣いて逃《に》げ出すかと思ったが、意外に根性《こんじょう》のあるガキだな」

「ガキは君も同じだ」

「確かに、俺と戦うヤツはみんな最初にそう云う。だがすぐその間違《まちが》いに気づく。ただのガキじゃねえんだよ。お前と違ってな」ライダースーツの少年は、握《にぎ》った拳《こぶし》に力を込めた。「さて、話して貰おうか。お前が調べてる、《荒覇吐《アラハバキ》》について。知ってること全部」

少年が、太宰の傷だらけの拳を踏《ふ》みつけた。靴裏《くつうら》で拳の骨が軋《きし》みをあげる。

「……ああ。《荒覇吐》か。成程……《荒覇吐》ね」

太宰は踏まれた拳を、他人のもののように眺《なが》めながら云った。

「知ってるんだな？」

「いや、初耳」

った。

少年はにやりと笑ってから、太宰の胴体を素早《すばや》く蹴《け》り上げた。爪先《つまさき》が骨を叩《たた》き、みしりと鳴った。

太宰は平然と云った。

太宰が痛みに呻《うめ》いた。

「いいぜ。記録に挑戦《ちょうせん》してみるか？　最長は九回だ。それ以上蹴られても黙《だま》り続けていられたヤツは、今んところいねえ」

太宰は骨の痛みに顔をしかめながら云った。「情報を話したら……解放してくれるかい？」

「ああ。俺は弱いヤツには優《やさ》しいからな」

太宰は少し考えるように沈黙《ちんもく》した。それから少年をじっと見て、真剣《しんけん》な顔で云った。

「判《わか》った……話そう」太宰は重く、緊張《きんちょう》を含《ふく》んだ声で云った。「君はもう少し牛乳を飲んだほうがいい。背が低すぎる」

少年の蹴りが太宰の胴体に突き刺《さ》さった。

太宰は屋上から落ちて転がり、建物の垣根に激突《げきとつ》した。

「よけいなお世話だこの糞野郎《くそやろう》！」少年が叫んだ。「俺は十五歳だし、これから伸《の》びるんだよ！」

「ふふ……では呪《のろ》いをかけてあげよう。僕は同じ十五歳でこれから伸びるが、君は大して伸びない」

「腹立つ呪いかけんな！」

近づいてきた少年の爪先が太宰の顔を蹴り飛ばした。首の骨が鋭《するど》く軋んだ。

「痛いじゃ……ないか」太宰が薄《うす》く笑って云った。口の中が切れたらしく、唇《くちびる》の端《はし》から血液が一筋流れ落ちた。「だがおかげで思い出したよ。《羊》……この横浜で一大勢力を築く、未成年のみで構成された互助《ごじょ》集団だ。略奪《りゃくだつ》や抗争《こうそう》や人買いの襲撃《しゅうげき》に抵抗《ていこう》するため、少年少女達が集まり自衛組織をつくったのが発端《ほったん》だと聞いた。その組織戦略は徹底《てってい》した専守防衛。だが、《羊》に逆らう人間は今やほとんどいない。理由は簡単、《羊》の領土を侵《おか》した者は誰《だれ》であれ、後で必ずすさまじい反撃を喰《く》らう。《羊》のリーダーである、たった一人の少年によってね。――そうか。君があの重力遣《つか》い、《羊の王》、中原中也か」

「俺は王じゃねえ」中原中也と呼ばれた少年は、硬《かた》い声で云った。「ただ手札を持ってるだけだ。『強さ』って手札をな。その責任を果たしてるだけだ」

そう云って一度言葉を切り、中也は太宰を見下ろしながら云った。「お前、やけに《羊》の内情に詳《くわ》しいじゃねえか」

「昔、《羊》に入らないかと勧誘《かんゆう》されたからね。勿論《もちろん》断ったけど」

「そりゃいい判断だ。俺と同じ組織にお前がいたら、五分で蹴り殺してるぜ」

「その前に僕が君を暗殺してる」

中也が太宰を睨《にら》み、太宰が中也を眺め返した。

やがて中也が太宰から離《はな》れ、何歩か後ろに下がった。

「まあいい。五分で蹴り殺される運命は変わらねえ。どっちにしろガキから引き出せる情報なんぞたかが知れてるだろうしな。クソったれマフィア共の事務所にお前の首を送りつけて、宣戦布告の合図にしてやるぜ」

「君では僕を殺せない」太宰は身じろぎすらせず、ただ静かに中也を見返した。「あの跫音《あしおと》が聞こえないのか？」

「跫音だと？」

その時、怒声《どせい》が全方位から叩きつけられた。

「動くな！」

銃口《じゅうこう》が中也に向けられていた。小銃、拳銃《けんじゅう》、短機関銃《サブマシンガン》。機関拳銃《マシンピストル》に散弾銃《さんだんじゅう》。無数のマフィアと無数の銃火器。

「はは」中也は周囲を眺めて云った。「面白《おもしれ》え。手前《テメエ》、思ったより人気者じゃねえか。てっきり誰も助けに来ないかと」

「投降せよ、小僧《こぞう》」マフィアの包囲の奥から、静かな声の広津が現れた。「その若さで、自分の内臓の色を知りたくはなかろう」

「幾《いく》ら凄《すご》んでも怖《こわ》くねえよ、ジイサン。俺に銃は効かねえ。全員ぶっ倒《たお》して帰るだけだ」

広津はそう云《い》った中也を、静かな表情で見下ろした。

「懐《なつ》かしいな……私にもそういう時期があった。跳《は》ね返りで力を盲信《もうしん》し、己《おのれ》の膂力《りょりょく》のみで世界をへし折れると信じていた頃《ころ》が」そう云って小さく笑った。「銃が効かないだと？　その程度の異能者、大して珍《めずら》しくもない。さて……警告の時間は終わりだ。次は後悔《こうかい》の時間だ。己の浅慮《せんりょ》と無知を、血溜《ちだ》まりの中で悔《く》いるがいい」

広津が靴音《くつおと》を大きく響《ひび》かせて、一歩を踏《ふ》み出した。

死神の眼窩《がんか》より尚《なお》冷たい、その目。

「あんたも異能者か」中也の目が鋭くなった。「いいね、その目。これまでのヤツとは歯ごたえが違《ちが》いそうだ。……来いよ」

中也がポケットに手を突《つ》っ込んだまま、戦闘《せんとう》の体勢を取った。

「広津さん……止《や》めたほうがいい」太宰は痛みに顔をしかめながら云った。「こいつは触《ふ》れた対象の重力を操《あやつ》る……貴方《あなた》の異能じゃ相性《あいしょう》が悪い」

「ふむ。重力か」広津は右手の白手袋《しろてぶくろ》を脱《ぬ》ぎながら云った。その仕草は貴族めいた優雅《ゆうが》ささえ備えていた。「なら《羊》の小僧。公平を期するため私の異能も教えよう。私の能力は掌《てのひら》で触れたモノに強い斥力《せきりょく》を発生させる」

「はは。自分の異能を教えるとは、フェアプレイ精神にあふれたマフィアだ」中也が笑った。「だが、こっちに敬老精神を期待するなよ」

「不要だ」

広津が白手袋を無造作に投げつけた。

中也がそれを軽く払《はら》いのけた時、既《すで》に広津は懐《ふところ》へ飛び込んでいた。左手で中也の襟首《えりくび》を摑《つか》み、引く。中也は力に逆らわず、地面を蹴って体を半回転させ、続く広津の右手を躱《かわ》した。中也は空中で身をひねり、水平蹴りを放つ。戻《もど》ってきた広津の右手が迎《むか》え撃《う》ち、中也の靴《くつ》と激突した。

重力と斥力が衝突《しょうとつ》し、閃光《せんこう》を放った。

衝撃《しょうげき》に逆らわず中也は後方に飛び、羽毛《うもう》のように軽《かろ》やかに着地した。

「流石《さすが》はマフィア……と云いてえが、どうにも乗らねえな。慥《たし》かに俺の異能と相性が悪すぎだぜ、ジイサン」

中也の異能は触れた対象の重力を操る。重力は通常、地球のどこであっても下向きに1Gの強さだ。だが中也の能力は、身体《からだ》のどこかに接触《せっしょく》した対象ならば、重力の向きと大きさを自在に変えることが可能だった。

一方の広津は、右手の掌で触れた対象に、接触面と逆向きの力を与《あた》えることしかできない。

二人の異能は完全に上下互換《ごかん》の関係にあるのだ。

だがそれでも、広津の表情には微塵《みじん》も変化がない。

「心配は不要だ、お若いの。異能の強さが勝敗を決める——若い頃は私もそう信じていた。命という授業料を支払わずに、その間違いに気づけたのはまったく幸いだった。その意味で、君を不憫《ふびん》に思うよ」

中也はにやりと笑った。「面白え」

今度は中也のほうから突進《とっしん》した。

ポケットに手を入れたまま、中也が斜《なな》め軌道《きどう》の蹴り上げを放った。それを広津の右手が受ける——直前、足先が軌道変化。首筋を狙《ねら》う蹴り下ろしとなって広津を襲《おそ》う。

広津は左手で拳銃を抜《ぬ》き、蹴りを防禦《ぼうぎょ》した。重力で重くなった蹴りが銃身を軋《きし》ませる。

蹴りの衝撃で一瞬《いっしゅん》止まった中也の肩《かた》を、広津の右手が掴む。

「捕《つか》まえたぞ」

「だから何だ？　あんたの異能は効かねえ」

「どうかな」

中也が驚《おどろ》いた顔で背後を振《ふ》り向いた。

着地したすぐ背後にいつの間にか太宰が立っている。中也の首筋に手を当てている。

「残念。これで重力は君の手から離れた」

太宰の異能もまた、触れた対象にのみ発動する。その能力は、『あらゆる異能の発動を阻害《そがい》し、無効化する』――究極の反異能。その無効化に例外はない。

「異能が……出ねえだと？」

広津の右手が、中也の胸元《むなもと》に優《やさ》しく当てられた。

「さあ小僧、授業料の取り立てだ」

白い衝撃波。

中也の軽い体が後方に飛んだ。大型車に撥《は》ねられたかのように。

それとほぼ同時に――太宰もまた、吹《ふ》き飛ばされて地面を転がった。

背後のトタン壁《へき》に激突し、ようやく止まる。

「太宰さん！」

広津の顔に一瞬の混乱が広がった。異能で吹き飛ばしたのは中也のみ。何故《なぜ》太宰までもが吹き飛ぶ？

「やら……れた」太宰が腹を押さえて呻《うめ》いた。「衝撃の直前に……下半身の回転だけで蹴《け》られた。おかげで手を離してしまった……あれは自分の異能で、わざと後方に跳《と》んだんだ」

吹き飛ばされた中也が、建物の壁《かべ》に横向きに着地した。その口には、猛獣《もうじゅう》の笑《え》み。

「ははは！　そうだ、そいつだよ！　宴《うたげ》の開幕に相応《ふさわ》しい花火を上げようぜ！」

叫《さけ》び声と同時に、壁を踏み破るほどの速度で中也が飛翔《ひしょう》した。まっすぐ太宰達のほうへ突っ込んでくる。

砲弾《ほうだん》の速度と重量の乗った中也の突進。広津の右手だけで受けるのは不可能だ。太宰が異能を無効化しても、速度の乗った体当たりだけで人体を砕《くだ》いてあまりある。

次の瞬間。

黒い炎が、全員を水平に吹き飛ばした。

「がっ⁉」

側面から叩《たた》きつけられた黒い衝撃波が、全員の体を横向きにさらっていった。人体だけではない。建物も、電柱も、木々すらも。空気そのものが突如《とつじょ》人間に対し怒《いか》りの牙《きば》を剥《む》いたかのように、地上の万物《ばんぶつ》を薙《な》ぎ払っていく。

それは黒い爆発だった。

擂鉢街の中心近くで、巨大《きょだい》な爆発が巻き起こっていた。ただの爆発ではない。一帯を呑《の》み込む巨大な熱火球だ。

散る枯《か》れ葉のように吹き飛ばされた太宰は、回転する視界の向こうにそれを見た。

赤く輝《かがや》く一対の眼《め》。死と暴力が何十年分も刻み込まれた皺《しわ》。白い頭髪《とうはつ》。

黒い炎の中でも平然と、むしろ炎を外套《がいとう》のように纏《まと》って、地獄《じごく》の主のように立っている。

その姿は。

「――先代――！」

太宰は叫んだ。その台詞《せりふ》が炎に吞み込まれ――太宰の意識も暗黒へと消えた。

# Phase.02

「ようこそ、中原中也君。ポートマフィアへ」

マフィアビル最上階の執務机《しつむ》で、森が云《い》った。

薄暗《うすぐら》く広い部屋。通電遮光《しゃこう》されていて外の見えない窓。この横浜で最も侵入《しんにゅう》が難しい場所のひとつ、首領執務室。

その中央に——森と向き合うように、中也が楽しそうに立っていた。

「お招きにあずかり光栄だぜ」

中也は拘束《こうそく》されていた。両手に手錠《てじょう》がかけられ、両腕《りょううで》を革《かわ》の拘束具で縛《しば》られ、両脚《りょうあし》には船舶《せんぱく》牽引《けんいん》用の大型鎖《ぐさり》が巻かれていた。足首には建築工事に使う鋼鉄ワイヤーが巻かれ、床《ゆか》の金具に固定されていた。拳《こぶし》は二度と開けないように鋼鉄の枷《かせ》で覆《おお》われていた。

そのうえ、胴体《どうたい》を取り囲むように、無数の赤い立方体が出現していた。中也を束縛《そくばく》するための異能、亜《あ》空間《くうかん》拘束だ。

その異能は、中也の横に立つ護衛の異能者によるものだった。

だが、それだけの重拘束であっても尚《なお》、護衛の異能者は緊張《きんちょう》していた。中也がわずかでも反《はん》抗《こう》の兆《きざ》しを見せたら即座《そくざ》に反応すべく、全神経を集中させていた。彼はマフィアでも腕利《うでき》きの異能者だが、その顔に余裕《よゆう》は全くない。

「昨日は大活躍《だいかつやく》だったそうじゃあないか」森が机の向こうで微笑《ほほえ》んで云った。「うちの部下達を相手に八面六臂《ろっぴ》だったとか。流石《さすが》は《羊》の長《おさ》だけはある」

「それも邪魔《じゃま》が入って台無しだ。残念だぜ」中也は余裕の表情で答える。「もっとも、俺をこうやって呼び出した理由もそれ絡《がら》みだろ？　あの時の黒い爆発——黒い炎の《荒覇吐》について」

その時、入口の扉《とびら》が開いた。

「どーも、お邪魔します……おや」

顔を出したのは太宰だった。

「やあ太宰君、待っていたよ」

「あ！　お前あん時の枯れ木小僧《こぞう》！」中也が飛び上がった。「手前《テメエ》、あん時はよくも！」

「はいはい。今日も元気だねえ。僕なんか見ての通りの大怪我《おおけが》なんだけど。その活力は成長期かな？　それとも脳みそと身長にいく栄養が元気さのほうにいっちゃってるおかげ？」

太宰は頭に包帯を巻き、右腕は石膏帯《ギプス》で固定されていた。中也との戦闘《せんとう》、それに続く爆発による負傷だった。

「身長の話はするんじゃねえよ！」

「判《わか》った判った。……まあ確かに、他人の身体的欠点をあげつらうのは品位に欠けていたね。もう二度と云わないから許してよ、ちびっこ君」

「てんめえ！」

「はいそのへんで」森が手を叩いた。「昨日会ったばかりなのに、仲がいいねえ君達。さて……中也君が云った通り、黒い爆発の事に就《つ》いて少し話がしたい。蘭堂《らんどう》君、悪いが外して貰《もら》えるかな？」

蘭堂と呼ばれた護衛の異能者——長く波打つ黒髪《くろかみ》に、不健康そうな目をした男——が、難しい顔をした。

「首領、それは……お勧《すす》め出来ぬ事。この小僧は危険……」

「まあまあ。異能無効化の太宰君も来たし、その他《ほか》にも手は打ってある。それに蘭堂君、いつもより寒そうだよ。顔色も悪いし。大丈夫《だいじょうぶ》？」

問われて蘭堂はぶるっと震《ふる》えた。「恥《はじ》を承知で申し上げると……凍《こご》えて死にそうで御座《ござ》います……」

「寒い？」中也が眉《まゆ》を持ち上げて隣《となり》の蘭堂を見た。「この季節に、その格好でか？」

蘭堂はぶ厚い断熱生地《きじ》の服を着て、その上に起毛の防寒外衣を纏《まと》い、首には厚手のマフラーを巻いていた。頭には兎毛《ともう》の耳当て、靴《くつ》は合成革の防寒長靴《ブーツ》を着用し、おまけに全身に発熱懐《カイ》炉《ロ》を十数個貼《は》り付けていた。それでも寒そうに震えていた。

「執務室に参上する以上、失礼のない服でなくてはと、かなり薄着をしたもので……うう寒い……」

「診察《しんさつ》結果によると、蘭堂君は身体不調な訳でもなく、神経系に問題がある訳でもなく、ただ単に寒いのが嫌《きら》いなだけなんだけどねえ」

「うう……暖かい地域で働きたい……。首領、ポートマフィア火口付近支部とかありませんか……」

「ないねえ」

「うう……ではお言葉に甘え、失礼致《いた》します……」

蘭堂は異能を解除した。中也を拘束していた無数の立方体亜空間が消滅《しょうめつ》した。

それから陰鬱《いんうつ》な足取りで、蘭堂はふらふらと部屋を出ていった。

三人は何となくその背中を見送った。

「あれでもポートマフィアの準幹部にして優秀《ゆうしゅう》な異能者なのだよ、彼は」森が早口で云った。

「別に誰《だれ》も弁明しろとは云ってねえよ……」中也が呟《つぶや》いた。

「森さん、そろそろ本題に入ったら？」太宰が呆《あき》れたように云った。

「あー……」

森は机の羽根ペンで頰《ほお》をぽりぽりと掻《か》き、ぼんやりした声で「そうだねえ」と云った。それから天井《てんじょう》を見て、太宰を見て、中也を見て、自分の掌《てのひら》を見た。

そして云った。「中也君。我々《われわれ》マフィアの傘下《さんか》に入る気はないかい？」

轟音《ごうおん》とともに床が砕《くだ》けた。

中也を中心にして、放射状の亀裂《きれつ》が床を走り抜《ぬ》けたのだ。

「……あァ？」地獄の底から声が届いた。中也の声だった。

銃撃戦《じゅうげきせん》にも耐《た》える強化床材《ゆかざい》が砕け、破片《はへん》が部屋中に飛び散っていた。

それでも森も太宰も、眉ひとつ動かさず、無表情のままだった。

「そんなクソったれな寝言《ねごと》を吐《は》くために俺を呼んだのか？」

「まあそういう反応になるよねえ」森は好ましくない医療《いりょう》診察結果でも眺《なが》めるかのような表情で中也を見た。「しかし私の見たところ、君の追うものと私達の目的はある程度一致《いっち》している。お互《たが》い提供できるものを確かめ合ってからでも、返答は遅《おそ》くないと思うが」

「ハハ。意外だぜ。マフィアの新首領は、時間の無駄遣《むだづか》いが趣味《しゅみ》とはな」中也は唇《くちびる》を横に引いて笑った。見えた歯で、そのまま相手の肉を食いちぎりそうな笑《え》みだった。「マフィアに入れだと？　お前達マフィアがこの街に何をしたか……忘れたとは云わせねえぞ」

「先代の暴走か。その事については私としても心を痛めている」

森は真意のはっきりしない顔で云った。

先代の暴走——横浜一帯を長く暴虐《ぼうぎゃく》と恐怖《きょうふ》に陥《おとしい》れた『血の暴政』は、誰の記憶《きおく》にも未《いま》だ新しい惨劇《さんげき》だった。

とある日には、街の赤毛の少年が皆殺《みなごろ》しにされた。首領の車に、一人の赤毛の少年が悪戯書《いたずらが》きをしたという理由だけで。とある日には、ひとつの集合住宅に住む住人が、貯水槽《そう》に投げ込まれた毒で全員死亡した。敵対組織の幹部が、その集合住宅に隠《かく》れている可能性が少しあるという理由だけで。またとある日には、ポートマフィアの悪口を云った者は死刑《しけい》とする触《ふ》れを近《きん》隣《りん》一帯に出した。さらに他者の悪口を密告した者への褒賞《ほうしょう》もつけた。そのために何年も街全体が、中世の魔女《まじょ》裁判さながらの疑心暗鬼《あんき》に覆われた。裏切りの都で、処刑された死者の数は千人を下らない。中には冤罪《えんざい》と判っていて殺した例も多くあったらしい。

逆らえば皆殺し。それに異を唱えても皆殺し。

夜の暴帝《ぼうてい》と、その死兵。

それがポートマフィアの代名詞だった。

「だがその先代も病死した。最期《さいご》は私が看取《みと》った。……もし、かの暴帝が復活したなどという噂《うわさ》があるなら、その真相を確かめねば君達も不安じゃあないかな？」

中也はすぐには答えず、刃物《はもの》のような目で森を睨《にら》んだ。

そして口を開いた。「だとしても……お前に顎《あご》で使われる理由にはならねえよ、街医者。あんたに関しても良くない噂は出回ってるぜ。本当は先代は病死じゃなく、あんたが殺したんじゃないかってな。そうだろ？　たかが専属医に首領の座を譲《ゆず》るなんて遺言《ゆいごん》、信じられる訳ねえからな。違《ちが》うなら違うって証明してみろよ。あんたが死神の地位を欲《ほっ》した権力欲《よく》の権化《ごんげ》じゃねえって事を、今ここで証明できんのかよ？　できねえだろ？」

森による先代殺しは、組織でも秘中の秘だった。真実を知る者は太宰の他には誰もいない。

「証明は出来ないね。何故《なぜ》なら」森は肩《かた》をすくめて云《い》った。

太宰は森を見て、その表情の変化に素早《すばや》く気づいた。そして止めようと口を開いた。

だがそれより早く、森は云った。

「何故なら、先代は私が殺したからだ」

部屋の温度が数度下がった。

ここに来て初めて、中也は言葉を失った。

「かの偉大《いだい》なる先代首領の喉《のど》を手術刃《メス》で切断し、病死のように偽装《ぎそう》した。――それがどうかしたかね？」

森の声はどこまでも平静だった。姿勢も先程《さきほど》と変わらなかった。

だが、そこにいる人物はまるで別人だ。無敗の中也ですら気圧《けお》されるほどの、温度のない双眸《そうぼう》、氷点下の気配。

机の向こうにいるのは、悪鬼を喰《く》らう悪鬼、死神を殺す死神、おびただしい死と冷酷《れいこく》の気配を漂《ただよ》わせた邪悪《じゃあく》の化身だった。

「マジかよ」中也が硬《かた》い声で云った。「気弱な街医者が聞いて呆れるぜ……これに較《くら》べりゃ、先代の爺《ジジ》ィなんぞただの悪ガキだ」

「お褒《ほ》めにあずかり光栄だね」森は患者《かんじゃ》に向けるような優《やさ》しい笑みを作った。「中也君。傘下に入れという先程の言葉は撤回《てっかい》しよう。代わりに、共同調査を申し出たい。我々が調べた先代復活の噂と、君が追う《荒覇吐》は明らかに同根の事件だ。情報を分け合うだけで、互いに利ある結果をもたらすと思うのだがね？」

「……もし断ったら？」

「殺す」森は云った。珈琲《コーヒー》に砂糖を入れる時のような、当たり前の口調で。「尤《もつと》も君を殺すのはマフィアでも骨が折れるだろう。だから君の仲間を、《羊》を全員殺す。どうかな？」

中也の拘束具《こうそくぐ》が弾《はじ》け飛んだ。

膂力《りょりょく》と異能により鎖《くさり》や拘束金具が弾け、壁《かべ》や天井にめり込んだ。

「ぶっ殺す！」

中也が跳《と》んだ。一瞬《いっしゅん》で森との距離《きょり》を詰《つ》め、右拳《みぎこぶし》を叩《たた》きつける。

その拳は——直前で止まった。

微笑《ほほえ》む森の眼前で、振《ふ》り抜かれる寸前の拳が停止していた。

その拳の前には、森がいつの間にか掲《かか》げて見せた黒い通信機がある。

『おい……中也！　助けてくれ！　そこにいるんだろ？』通話口から年若い声が流れてきた。

『マフィアに包囲されてる！　早く何とかしてくれよ！　なあ！　お前なら出来るだろ、いつもみてえに……！』

森が釦《ボタン》を押すと、通話は途切《とぎ》れた。

固く握《にぎ》られた中也の拳が震《ふる》えた。

「実に簡単だったよ。銃で武装していても、彼等の練度は実にお粗末《そまつ》なものだ」森は肩をすくめた。「《羊》……横浜の一等地に縄張《なわば》りを構える、反撃主義の組織。だが君以外の構成員は、銃を持った普通《ふつう》の子供だ。全く奇妙《きみょう》な組織だねえ」

中也の拳が硬く震えた。だがその場で静止したまま動かない。動かす訳にはいかないのだ。

「同じ長《おさ》として心中察するよ、中也君。強大な武装組織である《羊》がその実、絶対的な強さの王と、それにぶら下がり依存《いそん》するだけの草食獣《そうしょくじゅう》の群れだったとはね。組織運営に関しては、どうやら私が君に助言できる事のほうが多そうだ」

「……手前《テメエ》……」

中也が食いしばった歯の奥で唸《うな》った。

「どうしたのかね？　その拳は何だ。健康のための運動かい？」

森は涼《すず》しい顔で、振り上げた中也の拳をついて見せた。

ひりついた時間が流れた。

やがて中也は、ゆっくりとした動作で拳を下ろした。

「とまあ、この通りだよ太宰君」森は微笑んで云った。「今この部屋で一番強大な暴力を持つのは中也君だろう。だがマフィアにとって、暴力とは指針のひとつに過ぎない。マフィアの本質は、あらゆる手段で合理性を操縦《コントロオル》することだ。この場合の合理性とは、反抗《はんこう》によって生じる不利益が、反抗する利益を上回るよう調整することだね。マフィアの心得その一だよ」

「そうかもね。でも、どうしてそんな教訓を僕に教えるの？」

「さて。何故だろうね」森は太宰を見たまま、曖昧《あいまい》な微笑を漂わせた。

中也は二人の会話を、肉を食い破る獣《けもの》の表情で聞いていた。だが行動には出ず、代わりに口を開いた。

「不利益が利益を上回るように、つったな」中也は森を睨んだ。「情報を交換《こうかん》してやってもいいぜ。俺の利益のためにな——だが先に、手前等から話せ。その話を聞いてから判断してやる」

「いいとも」森は笑顔で云った。「まず我々《われわれ》の目的。我々は、死んだ先代が現れたという噂を追っている。太宰君の調べでは、この半月で三回、いずれも擂鉢街付近で先代の姿が目撃《もくげき》されたそうだ。そして四回目——彼は君達の前に現れ、黒い炎《ほのお》で君達を吹《ふ》き飛ばした。何とも因縁《いんねん》めいた話だ。それについて、何か知っているかい？」

森が中也を見た。

中也は鋭《するど》い視線で森をしばらく睨んだあと、「死者は蘇《よみがえ》らねえ」とだけ云った。

「私もそう思う。もし蘇るなら、医者は全員失業だからね。だが……そうも云っていられなくなった。これを見てくれ」

森は執務《しつむ》机の抽斗《ひきだし》を鍵《かぎ》を使って開き、中から掌《てのひら》ほどの大きさの映像端末《たんまつ》を取り出した。それを机に置き、電源を入れる。

端末に映像が映し出された。どこかの室内の映像だ。天井《てんじょう》から見下ろす位置からの映像で、床《ゆか》や壁棚には膨大《ぼうだい》な札束が積まれている。

「これはポートマフィア本部ビル内にある、金庫室の監視《かんし》映像だ。ここにはポートマフィアの隠《かく》し資産の半分を保管している。この首領執務室と並んで、最も侵入《しんにゅう》が難しい場所のひとつだ。

——この先を見て欲しい」

森が指差す。札束の間を縫《ぬ》うようにして、ゆっくりと人影《ひとかげ》が移動してくる。

その人影を見て、太宰が息を呑《の》んだ。

「……まさか」

人影が監視装置のほうを見た。

それは黒い襤褸《ぼろ》を纏《まと》い、空中に浮《う》かんだ老爺《ろうや》。その瞳《ひとみ》に炎を宿した、夜の暴帝《ぼうてい》。

老人——先代首領は、映像を見ている太宰達の反応を見透《みす》かしたかのように、監視装置に向かって口を開いた。

「儂《わし》は蘇った」

その声は低く奇妙に割れていた。端末からの音にもかかわらず、部屋の温度が少し下がったようだ。

「地獄《じごく》の業火《ごうか》の中から。何故《なぜ》か判《わか》るか、医師《せんせい》？」

画面の中の先代は小さく揺《ゆ》らめき、姿が一定しない。輪郭《りんかく》は炎のように揺れ動いている。

「怒《いか》りの為《ため》じゃ。無念への憤怒《ふんぬ》じゃ。奴《やつ》は怒りを喰《く》らう。奴は儂を地獄より現世に呼び戻《もど》し、更《さら》なる怒りを生み出させる腹積もりよ。強大な力を持つ神の獣、黒き炎の《荒覇吐》——奴はこの世界の怒りそのもの。奴の望み通り、儂はここで復讐《ふくしゅう》を果たし、更なる怒りを振りまく。

儂を殺した者よ——今日より貴様は震えて眠《ねむ》れ」

そう云《い》った直後、膨大な炎が先代の全身から噴出《ふんしゅつ》した。

札束が一瞬で燃え上がり、壁材が溶《と》け、すぐに映像が黒く途切れた。監視装置が停止したのだ。

画面が暗転しても、すぐには誰《だれ》も声を出せなかった。

「以上が、監視記録に残されていた全内容だ」森はそう云って、映像端末の電源を切った。「今のところこの映像を知るのは警備担当と幹部一人、それに私だけだ。全員に口外を禁止するよう厳しく言い渡《わた》してある。だが——それも無駄《むだ》かもしれない。画面に映っていた先代が、同じ演説を他《ほか》の場所でぶち上げない保証はどこにもないのだからね」

太宰が硬《かた》い表情で森を見た。「もし他の場所で演説したら？」

「予想がつくだろう。この映像で彼は、自分の死因が病死ではなく暗殺だと云っているのだよ。もし同じ内容が先代派に知れたら——最悪の予想では、組織内の三割が私の敵に回る。勝っても負けても、マフィアは壊滅《かいめつ》だ」

太宰は黙《だま》ったまま、何かを考えている表情で黒い画面を注視していた。

「中也君。君は最初に太宰君と会った時、《荒覇吐》について質問したそうだね？——荒覇吐とは何者だい？」

中也は森をちらりと見たが、何も云わなかった。

「こちらでも軽く調べたよ。荒覇吐と云うのは、伝承上にある神の眷属《けんぞく》だ。曰《いわ》く、脛《はぎ》に佩《は》く脛巾《はばき》の神、日本神話以前の古き神。ただ、あまりに古いために、その正体は判然としない。本当はどんな字を書くのかも判らないようだ。だから土地によって勝手な伝承が付け加えられて、色々な〝アラハバキ神〟の類型《ヴァリエーション》が語られてる」

「神なんてモノの存在を信じるのかよ？」中也が莫迦《ばか》にしたように云った。

「いいや。私は見たモノしか信じない。そして君も見た通り、先代の姿をした人物が映像に映っていたのは動かしようのない事実だ」森は首を振った。「君が《荒覇吐》について調べていたのは偶然《ぐうぜん》ではない。恐《おそ》らく私達と同じ噂《うわさ》を耳にし、真相を追っていたのだろう？」

中也はしばらく躊躇《ちゅうちょ》するように室内を見回していたが、やがて口を開いた。

「ホントかどうかは判らねえ。流れ者が多い土地だ、噂の出所も突《つ》き止めようがねえ。だが……あんたら、擂鉢街がどうやってできたか、聞いたことあるか？」

「擂鉢街？」意外な質問に、森が眉《まゆ》を持ち上げた。「あれは爆心地《ばくしんち》にできた街だろう。大戦末期、原因不明の大爆発が起き、地面ごと何もかも吹き飛んだ。その跡地《あとち》にできた街だが――」

「その爆発の原因が《荒覇吐》なんだとよ」中也は顔を歪《ゆが》めた。「《羊》の中には噂好きな奴が多くてな。……噂じゃ八年前、捕虜《ほりょ》になった海外の兵士が、租界《そかい》近くにある軍の秘密施設《しせつ》で拷《ごう》問《もん》を受けた。拷問官はヘマをして、そいつを死なせちまった。だが死んだ兵士が怒りと恨《うら》みから《荒覇吐》を呼び起こし、黒い炎を伴《ともな》って蘇った。……ちなみに、地獄で《荒覇吐》を呼び起こせるのは、生前に人を殺しまくった奴、死者の魂《たましい》を無数に纏い、そのうえでさらに強い怒りを抱《いだ》いて死んだ人間だけだって話だ。……兎《と》に角、蘇った兵士は憎《にく》き敵兵、つまりこの国の軍人を施設ごと吹き飛ばした。その爆発で出来たのが」

「あの擂鉢街、という訳か」森は唸った。

「ああ。だが一人の人間が脳味噌《のうみそ》の中に収めるには、《荒覇吐》の力は巨大《きょだい》すぎた。やがてそいつは理性も人格も吹き飛んで、制御《せいぎょ》不能の怪物《かいぶつ》となり、地面ごと自分の体を焼き尽《つ》くして蒸発しちまった、って話だ」

「成程《なるほど》ねえ。怒れる神の再来か。太宰君、どう思う？」

「どう思うも何も」太宰は肩《かた》をすくめた。「そんなこと、ある訳ない。恨みとか、死者の魂とか、嘘《うそ》くさすぎる。どうせどこかの誰かが適当に思いついたホラ話だよ」

森は慎重《しんちょう》な顔つきで、考えながら口を開いた。「だが……先代首領も生前に大勢の人を殺し、そして強い怒りを抱いて死んだ。条件は合致《がっち》する。そのうえ先代が金庫室で《荒覇吐》の名を出したのは、動かしがたい事実だ。最高警備の金庫室に侵入するのは、普通《ふつう》の人間には不可能だよ」

「じゃあ結論は簡単だ。異能者だよ。僕達の知らない異能で、その映像は作られたんだ。そして《荒覇吐》の噂に乗っかって、先代復活を偽装《ぎそう》した」

「何のために？」

「決まってる。森さんが先代を暗殺したと皆《みんな》に信じさせて——マフィアを潰《つぶ》すため」

「やれやれ」森は疲《つか》れた顔で頭を振《ふ》った。「人を殺さば穴二つ、という訳か。太宰君、君に指令を出す。今の映像と同じ演説を先代派の前でやられる前に、犯人を見つけること。いいね？」

「まあ……先代派にバレたら、森さんの共犯者である僕も拷問されるだろうから、やるけどさ」太宰は不満そうな顔で云った。「時間はあまりなさそうだし、一人で間に合うかな」

「一人？　一人じゃあないよ」森はにっこり笑って云った。「そこの中也君にも手伝って貰《もら》いなさい」

「はあ⁉」

二人が同時に叫《さけ》んだ。

「何トボけた事云ってんだ手前《テメエ》ぶっ飛ば」「厭《いや》だよ絶対厭何でこんな奴と一緒《いっしょ》」「ぞ誰がそんな巫山戯《ふざけ》た話」「なくちゃならないのさ一人のほうが絶」「んじゃねえぞコラ！」

「一緒に叫ぶのを止《や》めなさい」森が二人を同時に見ながら云った。「中也君。自分が命令を拒《こば》める状態にない事は判っているよね？」

「何それ汚《きたな》」「い気になんじゃねえタコ！」「も森さんはそうやって！」「ざけんな！」

「はいはい」同時に叫ばれても、森は微笑《ほほえ》むばかりで相手にしない。「二人を組ませる理由は幾《いく》つかある。まずマフィアへ敵対するような噂話なので、マフィアではない人間のほうが聞き込みが容易だ。それに調査中に中也君が裏切らないようにするためには監視が必要だが、それは『異能無効化』を持つ太宰君が適任だ。そして最後に、一番重要な理由だが……」

太宰と中也が揃《そろ》って身を乗り出した。そして台詞《せりふ》の続きを待った。

だが森はしばらく言葉を口の中で転がした後、微笑んで云った。「秘密だ」

「何それ！」

「ま、大人の勘《かん》のようなものだと思っておきなさい」森は謎《なぞ》めいた微笑を浮かべた。「二人共、仲良くしないと駄目《だめ》だよ。これは命令だ。万一仲違《なかたが》いによって任務を疎《おろそ》かにしたという報告が私の耳に入ったら……判っているね？」

森がゆっくりと微笑んで二人を見た。

不可視の冷気が、周囲に広がった。

「返事は？」

沈黙《ちんもく》。

「返事は？」

「……はい」

二人の少年の、苦々しい声が聞こえた。

「よろしい。では行きなさい。良《よ》い報告を期待しているよ」

太宰と中也が、相手の道行きを邪魔《じゃま》しながら歩き去っていく様子を、森は静かに見守った。

やがて扉《とびら》が閉まり、森は一人部屋に取り残された。嵐《あらし》が通り過ぎた後の海のような静寂《せいじゃく》が部屋を覆《おお》った。

森は扉のほうを見つめたまま、ひとり呟《つぶや》いた。

「〝金剛石《ダイヤ》は金剛石《ダイヤ》でしか磨《みが》けない〟――か」自分の記憶《きおく》を見つめながら、森は微笑んだ。「夏《なつ》目《め》先生、私と福沢殿《ふくざわどの》に仰《おっしゃ》ったあの言葉、今回こそ確かめさせて頂きますよ」


青白い空が、横浜の上空に広がっていた。

見上げれば誰しもが深呼吸をしたくなるような、気持ちのいい空だ。だが空を見た何人かの人間は違《ちが》う意見を抱いた。青白く透明《とうめい》すぎる。これでは地上で破壊《はかい》の炎《ほのお》が燃えた時、黒煙《こくえん》が空に鮮《あざ》やかに刻みつけられてしまう。

そしてその黒煙は、間もなく上がろうとしていた。

太宰と中也は、不承不承ながらも捜査《そうさ》を開始した。黒煙の元になる火種を見つけて消すために。残された時間は、あまりない。

静かに晴れた空の下、二人は路地を歩いていた。不機嫌《ふきげん》な顔で、言葉も交《か》わさず、互《たが》いに五米《メートル》ほどの距離《きょり》を空けたまま。

太宰が前、中也が後ろだ。

五米も距離が空いているせいで、誰《だれ》も二人が連れだって歩いているとは思わないだろう。

「……おい」中也が小さく云《い》った。

前方を歩く太宰は返事をしない。振り返りもしない。

「……なァ、おい」中也が再び声をかけた。「どこ行くかくらい教えやがれ」

「いやあいい天気だなあ。いい天気すぎて妖精《ようせい》さんの声が聞こえるなあ」

「巫山戯んな。俺の声だ」

太宰が振り返った。「ああ、君、いたの。悪いけど話しかけないでくれる？　ちょっと今呼吸で忙《いそが》しいから」

「首引っこ抜《ぬ》くぞ包帯野郎《やろう》。そうじゃなくて、どこに向かってるか答えろ、つってんだよ」

「判《わか》った、答える。答えるから、近くに寄らないでくれる？　連れだって歩いてると思われたくない」

「心配すんな。俺も思われたくねえから」

「うふふ、気が合うねえ。そんな君が大好きだよ！」

「うわ、やめろ！　気色悪くて死ぬ！」

「……うん、僕も気持ち悪くて死ぬかと思った」

太宰は後悔《こうかい》の表情で呻《うめ》いてから、相手を見ずに云った。「何だっけ？　ああそう、今向かってる場所だったね。これから向かうのは調査だよ。爆発《ばくはつ》を一番間近で目撃《もくげき》した人間に聞き込みに行く」

「聞き込みだと？　面倒《めんどう》だな……敵を締《し》め上げて吐《は》かせて終わり、って話にゃなんねえのか？」

「なるわけないでしょ」太宰が嫌悪《けんお》の顔で中也を見た。

「第一、何で爆発なんか調べるんだよ。調べるなら先代の目撃情報だろ？」

太宰は中也の顔をしばらく眺《なが》めたあと、口を開いた。

「追うべきは先代の噂《うわさ》じゃなく、《荒覇吐》本体の噂だからだよ。蘇《よみがえ》った先代が異能による偽装だとしたら、異能者本人が《荒覇吐》の役回りを演じてることになる。どんなに完璧《かんぺき》な偽装をする犯人でも、呼吸し食事し生活するのは避《さ》けられない。そっちを追うんだ」

中也は顔をしかめた。「だが……《荒覇吐》の噂なら、《羊》の仲間がさんざん調べてるぜ」

太宰はにやりと笑った。「いくら《羊》の噂好きさん達でも、話を聞けない相手ってのはいるものだよ」

それから正面を向き、再び歩きながら云った。

「一週間前、僕達が経験したのと同じ爆発が起きていた。場所も同じ、擂鉢街でだ。先代そのものの姿は目撃されてなかったから気づくのが遅《おく》れたけど、おそらく僕達が追ってる事件と同じものが原因だろう。その爆発の生存者に話を訊《き》きに行く」

「生存者……ってことは、死人が出たのか」

「ああ。マフィアの一団だ。生き残った人は異能者でね、君も既《すで》に会っている人物だよ。この先に自宅があって、そこで話を聞く約束を──」

太宰が路地の先を指差した時──呼応するように、その方角から轟音《ごうおん》が鳴り響《ひび》いた。

「はあ⁉」中也が驚《おどろ》いて轟音のほうを見た。

「……あー」太宰が面倒そうな顔をした。「今のは爆発の音だね」

爆発のあった屋敷《やしき》らしい場所から、黒い煙《けむり》が上がる。銃声もかすかに届いてくる。

「おいおい。あそこに話を聞きに行くんじゃねえのかよ？」

「犯人に先を越《こ》されたかなあ」

「おっとっと、そりゃマジかよ。ヤベエなそりゃ、大事《おおごと》だ」

太宰が中也を見る。予想に反して、中也の表情は期待に輝《かがや》いていた。

「つまりこういう事だろ？　めんどくせえ聞き込みから、口封《くちふう》じしに来た犯人シメて口割らせる作戦に変更《へんこう》って事だろ？」

「はあ……？」

「最高じゃねえか。行くぞオラ早く来い！」

台詞の終わりと同時に風のように疾走《しっそう》していく中也を、太宰は無表情で眺めた。

「……子供だ……」

屋敷は半分ほど吹《ふ》き飛んでいた。

蔦《つた》の絡《から》まる西洋風の屋敷だ。右手側の半分は手入れの行き届いた古風な屋敷であり、左手側の半分は黒い瓦礫《がれき》の山だった。瓦礫には残り火がくすぶり、灰色の煙を上げている。

屋敷は住宅街から離《はな》れた人工林の奥にあるために、怪我《けが》人や見物人の姿はなかった。その代わり、七、八人の銃を持った人間がいた。屋敷に向けて小銃を構え、時々乾《かわ》いた銃声を響かせていた。

「始まってるね」林の奥に隠《かく》れながら、太宰は云った。「派手な爆発痕《ばくはっこん》。あの爆発のど真ん中に入れて貰《もら》えれば、苦しまずに吹っ飛んで死ねたんだろうなあ……」

「あーはいはい。後で幾《いく》らでもぶっ殺してやるから、今は仕事に集中しろ」中也は蔑《さげす》んだ目で太宰を見てから、屋敷へと視線を戻《もど》した。「武装組織の襲撃《しゅうげき》だ。敵は外に八人。中にも何人かいるかも知れねえな」

中也がそう云った直後、破砕《はさい》音がして建物の壁《かべ》が吹き飛んだ。二階あたりの漆喰壁《しっくいかべ》を突《つ》き破って、中から武装した男が飛び出てきた。誰かに吹き飛ばされたらしい。

「あー、まあ、蘭堂さんの異能相手にあの程度の武装じゃ、ああなるよね」太宰が間延びした声で云う。

「蘭堂?」

「マフィアの異能者で、僕達がこれから話を聞きに行く相手。首領執務《しつむ》室で、君を異能で拘束《こうそく》してた人だよ。あの寒がりの」

「あいつか」中也が苦い顔をした。「助けに行くか?」

「行くにしても、先《ま》ずは相手の所属と作戦規模を知らないことには……」

その時、背後で銃が構えられる音。

「教えて差し上げましょうか」

男の声がした。優《やさ》しい声だ。死の接吻《せっぷん》のような。

「両手を上げて振《ふ》り向きなさい」

太宰と中也は、一瞬《いっしゅん》顔を見合わせてから素直《すなお》に手を上げて後ろを向いた。

そこには暗灰色の野戦服を着た男が立っていた。大木のようにどっしりした男だ。拳銃《けんじゅう》を太宰に向けている。

「何だ、子供ですか」拳銃を持った男は意外そうな声を出した。「てっきり増援《ぞうえん》部隊かと。マフィアが人手不足なのか、あの蘭堂とかいう男に人望がないのか」

「す、すす、すいません！　僕達はただの……近所の子供です！」太宰が恐怖《きょうふ》に震《ふる》える声を出した。「蘭堂さんの家に配達に行く途中《とちゅう》で、だから……」

「おいオッサン」太宰の台詞《せりふ》を遮《さえぎ》って、中也が嬉《うれ》しそうな声を出した。「お互い時間を節約しようぜ。あんたが俺に一発撃《う》つ。そしたら俺が反撃にあんたを隣町《となりまち》までぶっ飛ばす。ついでに残った襲撃者も全員ぶっ飛ばす。それで襲撃はお開きだ。どうだ？」

「何だと？」銃の照準が中也に向けられる。

「……ああ、もう」太宰が震えを止めて、顔を押さえて頭《かぶり》を振る。「せっかく演技で騙《だま》して、情報を引き出そうと思ったのに……」

「どうした？　子供は撃てねえか」中也は拳銃が掴《つか》めるほどの距離《きょり》まで近づいて、銃口を見上げた。「だがこの世界に生きるなら、敵を見た目で判断しちゃいけねえ事くらい知ってんだろ。装備からして、あんたら《GSS》の戦術班だろ?」

男が顔を引きつらせた。

《GSS》、すなわちゲルハルト・セキユリテキ・サアビスは、マフィアと対立する半非合法組織のひとつだ。元は海外資本の真っ当な民間警備会社だったが、本国からの援助打ち切りを受けた後に非合法化し、今は安全の保障だけでなく危険の創造にも荷担している。一般的《いっぱん》に云《い》えば「海賊《かいぞく》」だ。契約《けいやく》していない企業《きぎょう》の船を襲撃し、積み荷を奪《うば》う。ただし《GSS》と警備契約を結んだ企業は襲《おそ》われない。悪名がそのまま顧客獲得《こきゃくかくとく》広報になる、一挙両得の副業だ。

そしてその副業で何度かポートマフィアの荷を沈《しず》め、二つの組織は現在極《きわ》めて険悪な関係にある。訓練教官が本物の軍人であるために構成員の戦闘《せんとう》練度が高く、マフィアも苦戦を強《し》いられている。

「ほら、早く撃てよ」自分の額を銃口に押しつけて、中也は笑った。

男が引き金を引こうと指に力を込めた。だが撃てない。銃口が徐々《じょじょ》に下に降りていく。

「何、だ……銃が、重い……!」

「この程度の重さでへばるなよ。男の子だろ?」中也が銃に優しく触《ふ》れている。それだけで、軽量の拳銃が巨大《きょだい》な鉄塊《てっかい》に変わってしまったかのように男の手にのしかかる。

中也が拳銃を軽くつつくと、いきなり拳銃が男の胸めがけて横向きに落下した。大砲《たいほう》のような重量で、拳銃が男の防弾《ぼうだん》外衣にめり込む。

胸の骨が衝撃《しょうげき》で軋《きし》む。

男が悲鳴をあげた。

胸を押さえて後じさる男の足下《あしもと》に、拳銃が落ちてカランと軽い音を立てた。中也の手を離れたため、先程《さきほど》の重量は既に消えている。

「重力を操《あやつ》る子供……真逆《まさか》、《羊》の中原中也か……？」男が胸を押さえたまま呻《うめ》いた。「マフィアに降《くだ》ったという噂《うわさ》は本当だったか！」

男が怒声《どせい》とともに拳《こぶし》を放った。腰《こし》の回転を利用し、最小距離で突き刺《さ》さる逆突きだ。

「……あァ？」

軍隊仕込みの逆突きが中也に到達《とうたつ》するよりも早く、黒い旋風《せんぷう》が男の顎《あご》に叩《たた》き込まれた。ハンマーのように打ち込まれたのは中也の右踵《みぎかかと》。中也が跳《と》び上がって放った高速後ろ回し蹴《げ》りが直撃したのだ。

「マフィアの傘下《さんか》になんぞ降ってねえ。腹立つ勘違《かんちが》いすんな莫迦野郎《ばかやろう》」

男は仰向《あおむ》けに倒《たお》れた。脳震盪《のうしんとう》を起こし、気絶している。当分は起きないだろう。

「はあ、お美事《みごと》」乾いた拍手《はくしゅ》があがった。「敵が直線で放った拳よりも、それに反応して放った回転軌道《きどう》の蹴りのほうが疾《はや》いとはね」

中也の異能は重力子を操る。その操作は触れた対象だけでなく、中也自身の肉体においても及《およ》ぶ。己《おのれ》の重力を減じさせて軽くし、高速機動の攻撃《こうげき》を行いつつ、命中する瞬間にだけ重力を戻す。そうすることで、羽毛《うもう》の速度で放たれた蹴りが、鉄球の重さで突き刺さるのだ。

「手前《テメエ》は見てただけだったな、役立たずの包帯野郎？」

「暴れん坊自慢《ぼうじまん》の小学生と違って、僕はちゃんと敵の通信から情報を取ってた」

太宰はいつの間にか敵の通信機を耳に当てていた。男の懐《ふところ》から抜《ぬ》き取ったものだ。

「通信によると、君が今ぶっ飛ばした人の叫《さけ》び声を聞いて、残りが応援《おうえん》に駆《か》けつけてるらしい」

太宰が云い終わると同時に、十名ほどの人影《ひとかげ》が現れた。銃を持った人影だ。太宰と中也を半包囲するように広がり、二人に小銃を向けている。

「おい包帯野郎。倒してやるから、何か戦闘音楽をかけろ。ハードロックな奴《やつ》だ」

「莫迦じゃないの」太宰が冷たい目をした。

「隊長がやられている！　標的は重力遣《つか》いだ！　斉射開始《オープンファイア》！」

一斉《いっせい》に銃火があがる。

地面を蹴った中也が、黒い残像となる。

そして戦闘になった。——もしも一方からの攻撃が全く効果を持たず、ただ蹴り飛ばされるだけの一方的暴力を、戦闘と呼べるとすればだが。

小銃から放たれた七・九二粍弾《ミリだん》は中也に命中したが刺さらず、木片《もくへん》が当たったかのように跳《は》ねた。命中と同時に重量を消されたのだ。中也は勢いを減じずに地面を肉食獣《にくしょくじゅう》のように低く疾走《しっそう》した。そして敵の一人に体当たりした。

敵が爆発《ばくはつ》に巻き込まれたかのように吹《ふ》き飛んだ。その胴体《どうたい》に横向きに着地し、中也は逆方向へと跳躍《ちょうやく》する。さらに手近にいた敵の銃に垂直踵落としを放って、その銃身をへし折った。体重を消した中也は銃を足場にして再び跳躍。空高くへと舞《ま》う。空中の中也の肩《かた》に、銃弾のひとつが着弾。だが中也は重力を操って、弾丸を逆方向に撥《は》ね返した。銃弾は敵の肩を貫通《かんつう》し、地面にめり込む。

時に颶風《ぐふう》となって飛翔《ひしょう》し、時に隕石《いんせき》となって激突《げきとつ》する中也を、どの銃口も捉《とら》えることができない。

「ハァーハハハァー!」空中の中也が楽しそうに叫んだ。

圧倒《あっとう》的な速度と反射神経が、その場の生命を支配していた。暴風のようなその戦場支配力に、太宰ですら呼吸を忘れて見守るしかない。

やがて敵は最後の一人になった。肩から血を流しながら、近づいてくる中也を血走った目で睨《にら》んでいる。敵の小銃は予備の弾倉まで撃ち尽《つ》くし、引き金はカチカチと軽い音を空《むな》しく響《ひび》かせていた。

「終わりだ。襲撃《しゅうげき》の目的を教えろ」林の中を、中也が近づいていく。王侯《おうこう》のようにゆっくりと、時間をかけて。「《荒覇吐》について知ってる事は？　何故《なぜ》マフィアの準幹部を狙《ねら》った」

「くそ……お前みたいなガキに……！」

最後の敵は小銃を捨て、腰の予備拳銃を抜いて構えた。

「やめとけ」中也は表情すら変えない。「銃は仕舞ってろ。どうせその怪我《けが》じゃろくに中《あた》りゃしねえ。撃つだけ危険だ」

「死ね……！」

銃が発射された。

中也は重力操作で弾丸を無効化しようとした——が、できなかった。するまでもなかったのだ。怪我のせいで弾丸の狙いがそれ、中也の頭の横を通り過ぎた。

その弾丸は背後の大木に命中し、固い木肌《きはだ》に撥ね返された。時速一千粁《キロ》で飛翔する銃弾は、撥ね返った後でも相応の速度を保有する。対人用柔弾頭《ホローポイント》が潰《つぶ》れ、螺旋《らせん》回転から不規則回転へと変化した銃弾は、危険な跳弾となって持ち主へとまっすぐ返っていった。

潰れた弾丸が、男の首に突《つ》き刺さった。

「かっ……」

驚《おどろ》きの叫びをあげることもできず、男は仰向けに倒れた。少し遅《おく》れて血液が噴出《ふんしゅつ》する。

不運な事故——だが、戦場ではごくありふれた事態だ。

一部始終を目撃していた中也は眉《まゆ》をひそめ、小さく舌打ちをした。「……ちっ。云わんこっちゃねえ」

そして男に背を向け、歩き出した。「敵は片付いた。早く行くぞ」

太宰は返事をしなかった。ふらふらと倒れた男の許《もと》へと近づき、その顔の隣《となり》にしゃがみ込む。

「運がなかったねえ。苦しいかい？」

太宰の表情は平坦《へいたん》だった。だが瞳《ひとみ》の奥にはかすかに、消防士に憧《あこが》れる少年が消防士を見る時のような輝《かがや》きが、小さく揺《ゆ》らめいている。

「……か……」

「跳弾が喉元《のどもと》に刺さっている。今から手当てしても、この傷では助からない。それでも死ぬまでに五分ほどかかるだろう。銃《じゅう》なんか使うべきじゃなかったんだ」太宰は首を小さく振《ふ》った。「その五分は地獄《じごく》の苦しみだ。僕なら耐《た》えられないね。どうする？　この銃で、苦しみを終わらせて欲しいかい？」

男は苦痛の中に喘《あえ》いでいる。言葉を発しようとするが、なかなか声にならない。

「僕はマフィアのために仕事をしている。つまり君達の敵だ。でも君の死という貴重なモノを見させて貰《もら》ったし、僕としてはそのお礼がしたいんだ。さあ、お願いするなら、喋《しゃべ》れなくなる前にしたほうがいい」

男の目に絶望の光が揺らめいた。

「……て……撃《う》っ、てく……れ……」

「いいとも」

太宰が立ち上がり、銃の引き金を引いた。

弾丸が頭部に命中し、それで男の体はただの物体になった。

「はははははは」

太宰はさらに銃を撃った。弾丸が次々に命中した。男の死体が跳ねる。

「ははははは。なんて贅沢《ぜいたく》だ。はははははは」

「やめろ莫迦」

中也が横から銃を摑《つか》んで止めた。

太宰は摑まれた拳銃《けんじゅう》を見て、足下の死体を見て、それから中也を見た。不思議そうな顔をしていた。

「もう死んでんだろ。無駄《むだ》に死体を撃つんじゃねえ」

太宰はきょとんとしていた。それは——奇妙《きみょう》にも、かつて人々が見たどんな太宰よりも少年らしく、年相応な子供の表情だった。

それから太宰はくすんだ笑《え》みを浮《う》かべた。

「そうだね。その通りだ。普通《ふつう》はそう考えるんだろう」

そして拳銃を汚《きたな》いもののように放《ほう》り投げ、死体にも中也にも興味を失ったかのように歩き出した。

その表情はいつもの太宰のものに戻《もど》っていた。あらゆる概念《がいねん》に興味を持てない灰色の表情だった。

「はは。普通か。はははは」

太宰の乾《かわ》いた笑いが、木立の間に吸い込まれて消滅《しょうめつ》していった。

* * *

「うう寒い……風通しが良くなって三倍寒い……風の当たらない土の中で、蟬《せみ》の幼虫のように残りの人生を過ごしたい……」

屋敷《やしき》の二階で、準幹部の蘭堂が震《ふる》えていた。

屋敷内は荒涼《こうりょう》としていた。爆発《ばくはつ》のために壁材《かべざい》が剥《は》がれ、照明は天井《てんじょう》から落ちて割れていた。

棚《たな》の小物は残らず床《ゆか》にぶちまけられ、青い皿やら、苔色《こけいろ》の本やら、橙色《だいだいいろ》の絵画やらが床の上を賑《にぎ》やかに彩《いろど》っていた。最後のおまけに敵兵の死体が床のデコレエションとして添《そ》えられ、赤い血液が全体の統一感を出していた。まるで前衛芸術だ。

「災難だったねえ、蘭堂さん。はいこれ、暖炉《だんろ》にくべる木材」

「うう……助かるよ太宰君。この屋敷に暖炉があって本当に良かった……無ければ手っ取り早く暖を取るため、焚《た》き火の中に飛び込んでいたところだ……」

太宰が手渡《てわた》した木材を、毛布にくるまった蘭堂が暖炉へと放り投げた。暖炉の中の火は、焼《しょう》却炉《きゃくろ》もかくやというほど轟々《ごうごう》と燃えさかっている。

「おい包帯野郎《やろう》、今の木材、どっから持ってきた？」

「この家の柱」太宰は平然とした顔で云《い》った。

荒《あ》れた応接間で、太宰と中也は蘭堂に会っていた。

蘭堂は比較的《ひかくてき》古株のマフィアだ。先代の頃《ころ》から組織に仕えているが、準幹部に取り立てられたのは森の時代に入ってから。先代の時代にはどちらかというと不遇《ふぐう》な扱《あつか》いを受けており、そのために周囲からも森派、つまり先代よりも現体制に与《くみ》していると見做《みな》されていた。

「蘭堂さんが襲《おそ》われた理由は、おおよそ想像がつくよ」太宰は床に転がった本を暖炉に適当に放り込みながら云った。「『噂《うわさ》の拡張』だ。森派の蘭堂さんが爆発で殺されたとなれば、人々は

〝先代の怒《いか》り〟をより強く実感するだろう。実際、ここに来る前に《GSS》の指揮車を調べたら、黒い爆発を偽装《ぎそう》するための手順書が見つかった」

「黒い爆発、とは……？」蘭堂が震えながら訊《たず》ねた。

「僕も詳《くわ》しくないから専門的なところは後で調べるけど、ナトリウムランプを光源にした薬品による炎色反応《えんしょくはんのう》を利用すると、黒に近い色の炎《ほのお》が作れるらしい」太宰は拾ってきた書類を眺《なが》めながら云った。「まあいずれ、お粗末《チープ》な偽装作戦だよ。結局蘭堂さんを始末し損《そこ》ねたうえ、偽装作戦部隊が返り討《う》ちに遭《あ》ったんだから」

「つまりこういう事か？」中也が右脚《みぎあし》に体重をかけて腰《こし》に手を当てた。「《GSS》の連中がマフィアを仲間割れさせるために《荒覇吐》になりすまし、この旦那《だんな》を襲ったが失敗した、と」

「そうなるね」

「んじゃ一連の黒幕は、《GSS》の大将？」

「その可能性は高いと思うけど」

「うう寒い……《GSS》の現総帥《そうすい》は冷徹《れいてつ》な異能者……。しかも彼は北米の秘密機関『組合《ギルド》』と深い関係にあるという噂だ……誅伐《ちゅうばつ》するにしても、相当な準備をしなくてはならないと云うことができる……太宰君、暖炉の燃料、おかわり……」

「はいどうぞ」太宰が高価そうな絵画を手渡しながら云った。「誅伐する必要はないんだ。僕達の目的は先代復活の嘘《うそ》を大衆に晒《さら》すことなんだから。てことで蘭堂さん、訊《き》きたいことがあるんだけど」

「ううむ、いいとも。銀の託宣を持つ者の指示には逆らえぬし……そうでなくとも森殿《どの》は私を高く取り立ててくださった恩人……」

「それはよかった。それじゃあ、蘭堂さんが擂鉢街で目撃《もくげき》した《荒覇吐》について詳しく教えて貰《もら》おうかな。犯人に繋《つな》がる情報は、今のところそれしかないから」

「ああ……あれは……善く憶《おぼ》えているとも」

蘭堂は、毛布に顎《あご》を埋《うず》めるように俯《うつむ》いた後、小さく「忘れるものか」と云った。

「蘭堂さん？」

太宰が蘭堂を見た。

蘭堂の手が震えている。

太宰にはすぐに判《わか》った——この震えは、寒さのためではない。

「私は……生き残った。だが周囲の部下はことごとく……燃えてしまった。あの黒い炎で……太宰君。君の作戦は正しい。犯人を誅伐するのではなく、企《たくら》みを暴《あば》くのみに止《とど》める……そうしたまえ。そうすべきだ。何故《なぜ》なら、あれは本当に、神なのだから。人間が束になっても敵《かな》う可能性は全くないのだから……」

蘭堂の寒色の瞳《ひとみ》には、はっきりと恐怖《きょうふ》が揺《ゆ》れていた。

太宰は蘭堂がこれほど怯《おび》えた顔を見たことはなかった。蘭堂の——百人の屍《しかばね》が転がる抗争《こうそう》の路上にあっても眉《まゆ》ひとつ動かさぬ凄腕《すごうで》の恐怖する姿など、誰《だれ》も見たことがない。

「詳しく話してよ蘭堂さん」太宰はうっすらと笑った。「面白《おもしろ》くなってきた」

蘭堂はひとつ咳払《せきばら》いをし、陰鬱《いんうつ》な目で二人の少年を見比べてから、口を開いた。

——あれは、擂鉢街のほぼ中心地での出来事であった。

我々《われわれ》マフィアは《羊》の武装少年達と戦っていた。その日仕掛《しか》けたのは我々のほうからであったが、元はといえば二日前に《羊》がマフィアの構成員が乗った旅客機《りょかっき》を墜《お》としたからであり、そして航空機を墜としたのは先週に我々《マフィア》が《羊》の倉庫を襲撃《しゅうげき》したからであり、その原因は《羊》が先月……まあ、そんな風で、どちらが最初の原因かなどもはや誰も記憶《きおく》してはいない。闇社会映画《ノワール》と違《ちが》って、明確な善悪の因果があることは我々の世界には殆《ほとん》どない。今更《いまさら》云うまでもないとは思うが。

うう寒い……悪いがそこの隙間風《すきまかぜ》を瓦礫《がれき》で防いでくれないか？　そうそこだ。ありがとう。それでだな。ちょうど抗争へ向かう途中《とちゅう》だった。いきなり黒い爆風《ばくふう》に、我々全員が吹《ふ》き飛ばされたのは。

先程《さきほど》私の屋敷を吹き飛ばした《GSS》の爆発など、あれに較《くら》べれば赤子のくしゃみのようなものだ。大事な部下は皆《みな》死んだ。異能によって亜空間《あくうかん》を展開していたため、私だけどうにか生き残った。

それは――そこにあった世界は、とても一言では言い表せん。

少なくとも、この世ではなかった。黒い炎、沸騰《ふっとう》する大地。家屋はたちまち融解《ゆうかい》し、空気は燃え尽《つ》き、電柱は倒《たお》れるよりも速く灰となった。

あえて形容するならば――それは地獄《じごく》であった。絵巻物に出てくる、何百年も前の作家が想像で描《えが》いたような、奈落《ならく》の底の風景であった。

その奈落の中心に、そいつは居た。

爆発の中心にいたのは――先代ではなかった。全く似ても似つかぬ姿であった。そいつは人間ですらなかった。

獣《けもの》。

黒き獣だった。

四足歩行の獣。毛皮は炎。太い尾《お》も炎。一対の瞳も、煉獄《れんごく》から噴《ふ》き出したかのような炎であった。

大きさや輪郭《りんかく》は、手足を地面についた人間に似ておった。だが、他《ほか》のあらゆる点は人間を超《こ》えていた。何より存在感が違った。有史以来のあらゆる厄災《やくさい》と虐殺《ぎゃくさつ》を濃縮《のうしゅく》し凝縮《ぎょうしゅく》した肉体とでも云おうか。あるいは天体や銀河が持つ、この世界の根源そのもののエネルギィが具現化した姿とでも云おうか。

間違いなく云えるのは、そこには悪意はなく、怒りもなかった。感情の震《ふる》えそのものがなかった。そいつはただそうしてあるから、そこに存在しているのだ。

私はこの現象を合理的に説明できる何かを求めて、周囲を見た。

あるいは、これは敵の異能かも知れぬ。今思えば、あれ程の巨大《きょだい》な熱量を一人の異能者が出せる筈《はず》がないのだが、その時は他に仮説の立てようがなかったのだ。

だが周囲に異能者はいなかった。何も見ることができなかった。正確に云うならば、風景すら存在しなかった。

地上のあらゆるものが高熱で揺らめいていた。空の色さえ定《さだ》かに見えぬ程であった。ましてや風景などは水をぶちまけた水彩画《すいさいが》の如《ごと》くであった。この世のすべてが幽鬼《ゆうき》に変わってしまったかのようだった。ただ横浜の海が、遠くに眺めるあの海だけが、どこにいても変わらぬ灰色の鋼の表面のように、静かに凪《な》いでいたのを妙《みょう》に憶えている。

海を残して他のすべてを消し飛ばしたその獣が、こちらを見た。

内臓に熔《と》けた鉛《なまり》を流し込まれるような感触《かんしょく》がした。

次の瞬間《しゅんかん》、信じられぬことが起こった。

私の異能――亜空間領域に罅《ひび》が入ったのだ。

銃火《じゅうか》であろうと、刀剣《とうけん》であろうと、あるいは雷霆《らいてい》、光線、音圧であろうと、空間そのものが異なる場合、それを飛び越《こ》えることは決してない。右手の小説に書かれた主人公が、左手の小説に書かれた悪人を倒せぬのと同じ。そもそもの次元《ジモンシオン》が違うのだ。

だが、その獣はそれをやってのけた。

物理法則を超えて来たのだ。

ならば獣は、神か悪魔《あくま》か。

私はすぐさま亜空間を張り直した。だが張り直す一瞬の隙《すき》だけで、奴《やつ》には十分であった。見えない何かが私に叩《たた》きつけられた。

それは力そのものの奔流《ほんりゅう》。熱や光や雷《かみなり》といった具体的な力に変換《へんかん》される前の、原初のエネルギィ。おそらく黒い炎《ほのお》は、この原初のエネルギィの余波、爆炎からあがる煙《けむり》のようなものに過ぎないのだろう。そのエネルギィを叩きつけられたのだ。とても一介《いっかい》の異能者にどうこうできる次元のものではない。

亜空間を張り直した時には、既《すで》に私の体は宙へと吹き飛ばされていた。もう一秒防禦《ぼうぎょ》が遅《おく》れていれば、全身の細胞《さいぼう》を潰《つぶ》されて、私の肉体だったものは跡形《あとかた》もなくこの世から消えていたであろう。だから踏《ふ》みとどまらず吹き飛ばされたのは、むしろ僥倖《ぎょうこう》だったと云《い》える。

私が意識を失う寸前、獣の咆哮《ほうこう》を聞いた気がした。

やはり何の感情も意志も含《ふく》まぬ声であった。

私にはそれが怖《こわ》かった。

怖がらせようとする声ではない。威嚇《いかく》でも脅迫《きょうはく》でもない。ただそこにそうしてあるだけの声。私はすぐに理解した。そいつはただ存在するだけで、これほどの破壊《はかい》を引き起こすのだ。

どんな抗争よりも恐《おそ》ろしかった。

空中を舞《ま》い、地面を転がった。そこから先の記憶はない。どうにか救出されこうして生きているのは、まったくの幸運でしかない。奴に私を殺そうとする意図がほんの毛一本分でもあれば、私は即死《そくし》していた筈だ。

あれが神なのだと誰かが云うなら、私はそれを信じる。

洪水《こうずい》に殺意はない。火山に殺意はない。颱風《たいふう》にも、落雷にも、津波《つなみ》にも殺意はない。だが大勢の人を一瞬で殺す。あの獣はそういったものだ。そのような存在を、この国では《神》と呼ぶ。それ以外に、どんな呼びようがある？

——蘭堂の言葉はそこで途切れた。

太宰も中也も、すぐには口を開けなかった。

「すまない……君達は先代の復活を《荒覇吐》の力のおかげではなく、敵異能者による偽装《ぎそう》であると証明したかったのだろう。だが、今の話を森殿《どの》に報告すれば……むしろ《荒覇吐》という神の実在が現実味を帯びてきたように森殿は感じる筈……。君達の調査が無駄足《むだあし》になるやも」

「いや、なかなかに興味深い話だったよ」太宰は笑顔《えがお》で云った。「今の話のおかげで全部判《わか》った」

中也が太宰のほうを見て云った。「何だと？」

太宰は演劇めいて体を半回転させ、にやりと笑った。

「だから、トリックと真犯人が判ったんだよ。事件解決だ」

# Phase.03

中也と太宰の拳《こぶし》が激突《げきとつ》する。

「犯人教えろよ！」

「やだね！」

返答の終わりを待たず、中也が素早《すばや》く太宰に接近。強烈《きょうれつ》な下段蹴《げ》りを放つ。

太宰は地面を蹴って上へと回避《かいひ》。空中で回転し、落下の勢いを活《い》かして手に持った武器を振《ふ》り下ろす。

成人男性の身長ほどもあろうかという黒い金棒を、中也は両手を掲《かか》げてガード。太宰が着地した一瞬の硬直《こうちょく》をついて、中也は速度を重視した素早い拳を雨のように叩きつける。

「本当は判ってねえんだろ！」

「いいや、判ってるよ。どこかの小学生と違《ちが》ってね」

連続した拳の弾幕《だんまく》に、太宰は防戦一方となるしかない。太宰は後退し、戦場の隅《すみ》へと追い詰《つ》める。

「おらおらおら！　守ってばっかじゃ戦いには勝てねえぞ！」

最後に、中也は大技である蹴り上げを選んだ。その場で縦に回転し、相手を空中に蹴り上げる強力な技《わざ》だ。

だが技が発生するまでの数瞬《すうフレーム》の隙を、太宰は見逃《みのが》さなかった。

「はい残念！」

太宰が素早く釦《ボタン》を押すと、太宰の操《あやつ》るキャラクタアが闘気を纏《まと》って発光。振りかぶった金棒から破壊の光線が伸《の》び、中也のキャラクタアに叩きつけられる。

「なああっ！　待っ」

中也の叫《さけ》びが、激しい電子音にかき消される。振り下ろされた金棒は止まらず、画面に無数の閃光《せんこう》を描《えが》き出す。攻撃《こうげき》、攻撃、攻撃、攻撃。暴風のような攻撃はいつまでも止まらず、中也はそれを呆然《ぼうぜん》と見守るしかない。

やがて中也のキャラクタアが地面に倒《たお》れ伏《ふ》し、太宰のキャラクタアの頭上に『勝利』の文字が輝《かがや》いた。

「はいおしまい。身の程《ほど》を知ったかな？」

「くっそ！　もう一回だ！」

二人がいるのは、繁華街《はんかがい》の電子遊戯場《ゲエムセンタア》だった。賑《にぎ》やかな電子音。客達の喧噪《けんそう》。その中で二人は遊戯筐体《ゆうぎきょうたい》に向き合い、格闘《かくとう》対戦の電子戦を行っていた。

「もう一戦してもいいけど、結果は同じだよ。これでも手先は器用なほうでね」太宰は手をひらひら振りながら云った。「さて……約束したよね。『負けたほうは命令をひとつ、犬のように従順に遂行《すいこう》する』。何して貰《もら》おうかな？」

「くそ……割と自信あったのに……！」

蘭堂の家を辞してから、二人の意見は対立した。すぐに犯人の居場所に乗り込むべきと主張する中也に対し、楽をするためにも周到《しゅうとう》に準備すべきと太宰が反対したのだ。太宰が、自分が看破した犯人の名を云わなかったことも口論に拍車《はくしゃ》をかけた。しかしお互《たが》い、暴力や脅迫による問題解決は森により言下に禁止されている。

そのため結局、相手を屈服《くっぷく》させるための平等な解決法として、電子遊戯勝負が選ばれた。そして敗れたほうが勝者に服従するということになり、二人してこの繁華街を訪《おとず》れたのだ。

尚《なお》、二人は同じ遊戯場にて、同様の賭《か》け勝負を今後百回近く行う事になるのだが——それはまた別の機会での報告とする。

「君の自信はずいぶん安売りの店で買ったものらしいね」太宰はふわふわと体を揺《ゆ》らしながら

云った。「君の敗因はね、異能が強いことだ。強すぎる異能があるから、狡猾《こうかつ》さも周到さも育たない。その身長と同じく子供のままだ。だから勝てない。電子遊戯でも、推理勝負でもね」

「推理勝負だあ？」中也が太宰を睨《にら》んだ。「んなもん受けた憶《おぼ》えもねえし、負けた憶えもねえよ。手前《テメエ》が勝手に『犯人が判った』とか抜《ぬ》かしてるだけだろうが。信じられるかよ」

「それはもっともだ」太宰は頷《うなず》いた。「でも君、犯人判ってないでしょ？」

「……ああ？」

「犯人判ってる？」

「……んなもん」中也は顔を歪《ゆが》めてそっぽを向いた。「……おうよ……」

「ん？　何？」

「……ってるに決まってる……がよ……」

「何て？　聞こえない」

「判ってるっつうの！」嚙《か》みつくような顔で吼《ほ》える中也。「莫迦《ばか》にすんのも大概《たいがい》にしろよ、この変態野郎《やろう》！」

「大変結構。ならどちらが先に犯人を捕《つか》まえられるか勝負しよう。君が勝てば先程の勝負の賭けは無かったことにしていい。でも僕が勝てば、君は一生僕の犬だ」

「ふん。きつい条件を出せば俺が怯《ひる》むとでも思ってんのか？」中也が上目遣《うわめづか》いで太宰に凄《すご》んだ。

「薄《うす》っぺらなハッタリ野郎め。上等だ、受けてやるよその勝負。俺に狡猾さも周到さもないだと？　手前みたいな奴《やつ》に、俺の奥の手を見せる訳ねえだろうが」

「いいぞ少年、挑発《ちょうはつ》を受けて立つ時の口上としてはなかなか良《よ》い。褒《ほ》めてあげよう。よーしよしよーしよし」

「頭を撫《な》でんな！」

おちょくって中也の頭に手を置こうとする太宰を、中也が蹴りで追い払《はら》った。

その間も中也の手はライダージャケットのポケットに仕舞《しま》われたままだ。

「そういえば」中也の蹴りを見て、太宰がふと云《い》った。「君が拳で戦っているのを見たことがないなあ。広津さんの時も、《GSS》の時も、君は攻撃の時、蹴りだけで相手と渡《わた》り合っている。拳は上衣に仕舞ったままだ。何か理由が？　爪《つめ》が割れるのが心配とか？」

「違《ちげ》ぇよ。どうやって戦おうが俺の勝手だろ」

「はあん、成程。意図的に手を抜いている訳だ」太宰が訳知り顔の笑みを浮《う》かべた。「どうも中也君には内部に矛盾《むじゅん》があるというか……分裂《ぶんれつ》があるね。本来、異能者同士の戦いでは何が起こるか判らない。中也君と広津さんの戦いで君に異能性質有利があったように、どこかに君の天敵といえる異能があるかもしれない。そしてそれは、実際に異能を受けるまで判らない。だからこの業界では、遭遇戦《そうぐうせん》では絶対に油断しないっていうのが常識なんだ。勿論《もちろん》、異能無効化を持つ僕は例外だけどね。……戦闘《せんとう》の時、君は何を考えてる？　何故《なぜ》わざと自分を追い込もうとする？」

「手前の知ったこっちゃねえよ」中也が顔を背《そむ》けた。

「なら質問を変えよう。強力な荒神《あらがみ》である《荒覇吐》。何故君はそれを探している？」

「……それは」

何か云おうとした中也が、口を開いた格好のまま硬直した。

「うん？　どうした中也君？」

中也は素早く太宰に背を向けて俯《うつむ》き、ライダージャケットの襟《えり》を立てて顔を隠《かく》した。

「俺の名前を呼ぶな！」中也は囁《ささや》くような小声で云った。「話しかけもするな！　あいつらが居なくなるまで、静かに画面でも見てろ！」

「あいつら？」

太宰が顔を巡《めぐ》らせて店の入口方向を見た。

そこには三人の若者が、何かを探すようにきょろきょろと周囲を見回していた。

太宰や中也と同じ年頃《としごろ》の少年が二人と、少女が一人。繁華街で当たり前に見かける、とりたてて特徴《とくちょう》のない格好の三人組だ。但《ただ》し全員が右手首に、青い細帯を巻いている。

「あの青い帯……慥《たし》か《羊》の構成員が身につける目印だね」太宰は三人組を見て、背を向けた中也を見た。「彼等に遭遇《そうぐう》すると、何かまずい事でも？」

「連中と会っていい状況《じょうきょう》じゃねえだろ、察しろ！」

「ああ……成程ねえ」

太宰はしばらく顎《あご》に親指を当てて考えていたが、やがて薄い笑《え》みを浮かべた。そして叫んだ。

「おおーい中也君！　さっさと仕事をしに行くよー！　首領の命令だろーぅ？」

「手前《テメ》っ……！」

中也が小声で毒づくのとほぼ同時に、三人組が中也の名前に反応した。そして顔を輝かせた。

「中也！　はあ、やっと見つけた！　捜《さが》したぞ！」

手を振《ふ》って呼ぶ三人組に、中也はひとつ深いため息をついた。それから冷静なすまし顔をつくり、三人のほうへと向かった。

「お前達、無事だったか。良かったな」

中也は大人びた声で云った。その顔に、感情の揺れは微塵《みじん》もない。石のような表情だ。

「何のんびりしてんだよ中也、こんなとこで！」三人組の中央にいる、銀髪《ぎんぱつ》の少年が唇《くちびる》を尖《とが》らせた。「知ってるだろ、晶《アキラ》や省吾《ショウゴ》達がマフィアに攫《さら》われたの！」

「心配すんな」中也は感情を伴《ともな》わない声で云った。「その件は今対処中だ。攫われた八人は無傷で帰ってくる」

「対処中って……どこが？　組織内でも噂《うわさ》になってるんだぞ？　中也がマフィアに屈服して、使い走りの犬みたいに下請《したう》け仕事をさせられてるってね！　僕が噂を潰《つぶ》して回るためにどれだけ苦労したと――まあそれはいいよ。早くマフィアの監禁潜窟《かんきんアジト》に殴《なぐ》り込んで、痛い目見せてやろうぜ！　いつもみたいにさ！」

《羊》達の会話を、太宰は楽しむような目つきで、黙《だま》って眺《なが》めている。

「その前に、お前達が調べてた《荒覇吐》の噂について、何か追加情報は？」

「あ？　ああ……」銀髪の少年は、戸惑《とまど》ったように仲間達と顔を見合わせた。「勿論、調べは進んでるよ。頼《たの》まれてた通り、噂の数と出所を皆《みんな》で追ったけど、やっぱり一番多いのはこの二週間ほどだな。黒い炎《ほのお》や、マフィアの先代首領のジイサンを見たって噂は、二週間で爆発《ばくはつ》的に増えてる。それ以前は細々とした噂だけ流通してたようだけど……」

不意に太宰が口を挟《はさ》んだ。「じゃあ、被害《ひがい》が確認《かくにん》できる一番古い噂はいつ？」

全員が太宰を見た。

「おい……中也？　誰《だれ》だこいつ？　入団希望者か？」

「まあ……そんなとこだ」中也は太宰を睨んでから、《羊》達に目を戻《もど》した。「悪いが、こいつの質問に答えてやってくれ」

「まあいいけど……」納得《なっとく》のいかない顔で中也と太宰を見比べてから、銀髪の少年は云った。

「具体的な被害がある古い噂って云えば、多分八年前だな。大戦の末期、擂鉢街をつくった巨《きょ》大《だい》爆発。《荒覇吐》が実際に出した被害としては、これ以前にはねえ」

「やっぱりね……」ひとり得心顔で頷く太宰。

「なあ中也、こいつ本当に《羊》の新入りか？　幾《いく》らお前でも、独断で新顔を入れる事はできないんだぞ。確かにお前は一番強いし、一番組織に貢献《こうけん》してる。でも名目上は一応、十三人いる『評議会』の一人ってことになってる。お前は強権横暴だって批判は、前から皆が」

「判《わか》ってる」中也は低い声で台詞《せりふ》を遮《さえぎ》った。

「そうか？　……ならいいけど。ま、云いたい奴には云わせとけって話だよ。実際お前の力は皆が頼《たよ》りにしてる。それは確かなんだからさ」銀髪の少年は慣れた様子で中也の肩《かた》を気安く叩《たた》いた。「早速《さっそく》戻って奪還《だっかん》計画を立てようぜ。晶達が攫われたのは川の向こうの工場通りだ。実はその時、僕もそこにいた。隠れてどうにかやり過ごしたんだ」

「待て、工場通りに行ったのか？」中也が鋭《するど》く問いかけた。「お前達、また酒盗《ぬす》みに行ったのかよ？　抗争《こうそう》の真っ最中だぞ！　それもあんなマフィア拠点《きょてん》の近くの……誘拐《ゆうかい》してくれって云ってるようなモンじゃねえか！」

「怒《ど》鳴《な》るなよ」少年は顔をしかめた。「人を殺しに行った訳じゃない。防衛主義の掟《おきて》は守ってる。それにいい機会じゃないか。《羊》は唯一反撃主義《ゆいいつはんげき》、手を出せば百倍返し——だろ？」

「ああ。だが――」

「中也だっていつも云ってるじゃないか。『他人とは違《ちが》う手札を持ってる人間は、その責任を果たすべきだ』って。異能の手札の責任を果たしてくれよな、中也！」銀髪の少年が中也の肩を抱《かか》えて歩き出した。「さあ、行こうぜ！」

急に拍手《はくしゅ》の音が響《ひび》いた。

「面白《おもしろ》い」太宰だった。笑みを浮かべて、間延びした拍手をしている。「実に面白いよ君達。あれ程《ほど》の戦闘狂《せんとうきょう》の中也君が、まるで狼《おおかみ》に睨《にら》まれた羊だ。どうも組織の頂点に立つってのは、想像よりずっと大変なものらしいね。後で森さんの肩揉《かたも》んであげようっと」

「自殺野郎《やろう》、手前《テメエ》……」

「《羊》の諸君。中也君を連れて行くのは無理だよ。彼は今仕事の最中だ。ポートマフィアの命令でね」

「は？」銀髪の少年が莫迦《ばか》にした顔で太宰を見た。「例の噂か？　だから、そんなの有り得ないんだよ。中也がマフィアに屈《くっ》するなんて、ある訳が……」

云いながら中也を見て、その重い表情から何かを悟《さと》ったらしい。「……マジかよ？」と呟《つぶや》き、中也から手を離《はな》した。信じられないように一歩下がる。

「中也。何かの冗談《じょうだん》だろ？　それとも作戦か？　マフィアを油断させて中から破壊《はかい》するとか…

…」

「いいや、本当だ」中也は硬《かた》い声で首を横に振った。「マフィアの首領は本気だ。あれを出し抜《ぬ》くのは簡単じゃねえ。監視《かんし》の目もあるしな」

「監視？」

中也は視線で太宰のほうを指し示した。

数秒あって、事態を理解した《羊》達は思わず後じさった。

「このガキが……!?」

三人の《羊》達は数歩距離《きょり》を取った。構成員と何度か衝突《しょうとつ》したことはあっても、首領直属の部下と実際に会うのは初めてだった。

「そう云《い》う事。以後、宜《よろ》しく」

「お……おい中也！　何ぼさっと立ってんだよ！　監視ってことはこいつ、ポートマフィア首領の部下なんだろ？　さっさと痛めつけて人質《ひとじち》にすれば交換《こうかん》に……いや、いっそ殺しちまえば」

「おおっと怖《こわ》い」太宰は両手を上げておどけてみせた。「これは参った、四対一じゃ勝ち目がない。何でもするから命だけは助けてよ。そうだなあ、森さんに頼んで人質を解放して貰うから」

「……何？」

当惑《とうわく》する四人をよそに、太宰は懐《ふところ》から携帯《けいたい》電話を取り出し、番号を押して耳にあてた。

「ああ、森さん？　調子どう、心労で胃に空いた穴は？　あそう、広がってる感じ？」太宰は楽しそうに電話に話しかけた。「依頼《いらい》の件は順調だよ。もうじき片付く。その件で頼みがあるんだけど——《羊》の人質、解放して貰えないかな？　うん、そう。今すぐ。無傷で。……大《だい》丈夫《じょうぶ》、森さんの教えの実践《じっせん》だよ。……うん、それじゃ」

太宰は通話釦《ボタン》を押して、携帯電話を仕舞《しま》った。「これで人質は解放された筈《はず》だ」

しばらく《羊》達は当惑した顔でお互《たが》いを見た。

「おいおい、こんなガキに人質解放なんて権限あるのかよ？　今の電話、首領を顎で使ってるみたいだったけど——」

半信半疑の顔をしていた銀髪の少年だったが、ほどなく自分の携帯端末《たんまつ》を見て驚《おどろ》いた。「うお——本当だ！　全員無事に戻ったって、電子文章《メール》が！」

喜ぶ《羊》三人。だがその喜びをよそに、中也だけは猜疑《さいぎ》の顔で太宰を見ていた。

「手前……何を企《たくら》んでる？」

「友情の証《あかし》さ」太宰は謎《なぞ》めいた笑みを浮《う》かべた。「さ、行こう。仕事を終わらせるんだ」

「仕事？」銀髪《ぎんぱつ》の少年が莫迦にしたように笑った。「はは、中也はマフィアの仕事なんかしないよ。人質はもういないんだからな！」

銀髪の少年が中也の腕《うで》を引いた。「行こうぜ中也、皆お前を待ってる！」

だが、中也は動かない。

「……おい？」

「悪いが、お前達だけで行ってくれ」中也は首を振《ふ》った。

「は？　……いや、何云ってんだ、お前？」

「犯人を捕《つか》まえに行く」中也の表情は硬い。

「いや……だから、それはマフィアに脅《おど》されてやってたんだろ？」少年は貼《は》り付けたような笑《え》みを浮かべた。「今はもっと大事な仕事があるだろ。報復だよ。晶達を誘拐した連中に、反撃を喰《く》らわせるんだ。誘拐の実行犯はもう判ってる。『黒蜥蜴《くろとかげ》』っていう武闘派《ぶとうは》組織だ。強敵だけど、お前がいりゃどうってことないさ。ほら来いよ」

銀髪の少年が中也の肩を摑《つか》んで引いた。だが、中也は動かない。ぴくりとも。

「おい、中也。いい加減に」

「《荒覇吐》が先だ」中也は表情の動かし方を忘れたように固まったまま云った。「こいつと、犯人を先に捕まえる賭《か》けをしちまった。負けられねえ」

「賭けがなんだってんだよ！」銀髪の少年が叫《さけ》んだ。「お前、どうかしちゃったのか？　皆《みんな》お前が、敵をぶっ飛ばすのを待ってるんだ！　この街で《羊》が縄張《なわば》りを持ってられるのも、反撃主義の評判――『僕達にちょっかいを出すとタダじゃ済まない』って評判のおかげなんだぞ！　それをお前は、自分の都合で！」

「そのくらいにしてあげなよ、《羊》さん」太宰が横から口を出した。「中也君は自分の異能をどう使うのか、自分で決められる。君達のお守《も》りをするより大事なことが見つかったんだ。祝福してあげないと」

《羊》達は、信じられないという目で中也を見た。

「おい中也……本気かよ？　お前の能力がなきゃ、《羊》の反撃主義は成り立たないんだぞ。舐《な》められたら、縄張りは一週間で潰《つぶ》される！　それともお前……」

銀髪の少年が、一歩下がった。

「お前……まさか、噂《うわさ》は本当なのか？　お前が《羊》を裏切ったって……仕事を成功させたら、褒美《ほうび》にマフィアの一員にして貰えるって噂は……」

「マフィアは関係ねえ。こいつは俺の問題だ」

「本当かよ？　どうやってそれを証明する？」

「証明は不可能だよ。君達にできるのは信じる事だけだ」太宰が間に入った。「でもそれで十分だろ？　仲間なんだから。……ほら、行った行った」

これ以上要求しても無駄《むだ》だと悟った三人組は、太宰に促《うなが》されるようにして不承不承離れていった。硬い表情の中也を、時折振り返りながら。

「忘れるんじゃないぞ、中也。昔——どこからともなくふらっと現れた、素性《すじょう》も判らず身寄りもないお前を受け入れたのが、僕達《羊》だったって事をさ」銀髪の少年は立ち去り際《ぎわ》に中也に云った。「だから責任を果たせよ、中也。『手札の責任』って奴《やつ》を。僕達が云ったんじゃない、お前がいつも云ってる事だ。——強い手札を持ってる人間の責任。そいつについてもう一度、しっかり考えたほうがいいんじゃないか？」

中也は返事をしなかった。

去って行く《羊》を、ただ黙《だま》って見送った。

# Phase.xx

手応《てごた》えのない青黒い闇《やみ》の中に、「　　」はいた。

上も下も、前も後ろもなかった。時間の流れすら曖昧《あいまい》だった。自分が何者で、何故《なぜ》そこにいるのか「　　」には判《わか》らなかった。

そこは静かだった。井戸《いど》の底のような、あるいは嵐《あらし》が頭上を通り過ぎる海中のような沈黙《ちんもく》で満たされていた。

「　　」はねばつく青黒い闇に囲まれていた。重い闇だった。

闇の向こうに、透明《とうめい》な壁《かべ》が見えた。それが自分を取り囲んでいた。封印《ふういん》だ、と「　　」は感じた。もっとも、そのような言葉を知っていた訳ではない。「　　」は言葉を知らなかった。何故なら「　　」は、人間ではなかったから。だから明確な言葉としてではなく、その前段階にあたる概念《がいねん》として、「　　」はその透明な壁を感じ取っていた。

透明で、ぶ厚く、自分を取り囲む封印。強固な約束のような確かさで、自分を外界から隔《へだ》てる壁。

その向こうに、時折何かがちらついた。

右から左へ、また左から右へ。

それは封印の向こうを往来する人影《ひとかげ》だったが、「　」はまだニンゲンという概念を知らなかった。

こちらを覗《のぞ》き込む人影があり、足早に通り過ぎる人影があり、何かを訴《うった》えかけるように立ち止まる人影があった。だがどの人影も、封印によって遠く隔てられていた。世界の果てを望遠鏡で覗いているような気分だった。

その封印が——ある日破られた。

神域が破《は》壊《かい》され、闇が穢《けが》され、外界が侵入《しんにゅう》してきた。何者かが「　」を呼び出したのだ。嵐にも似た猛烈《もうれつ》な感情が叩《たた》きつけられ、「　」は喘《あえ》いだ。溺《おぼ》れるかと思った。外界になど興味はなかった。だが外界はそれを許さなかった。

力強い男の手が、「　」を掴んだ。

触《ふ》れた部分から、赤黒い炎《ほのお》が噴出《ふんしゅつ》した。

それは産声《うぶごえ》だった。

誕生するものは、それまでに持っていたものを捨てなければならない。「　」は忘却《ぼうきゃく》した。

かつての自分が何であったのかを。闇の中で何を感じていたのかを。穏《おだ》やかな青黒い闇。優《やさ》しき孤独《こどく》。それはもはや、自分を守ってくれない。

産声が外界を満たした。それは炎の形を取った。

そして怒《いか》りの炎が、地上の見渡《みわた》す限りのものを破壊し、粉砕《ふんさい》し、焼き尽《つ》くした。

そうして——「　」は誕生した。

# Phase.04

「その飾《かざ》り付けは右の天井《てんじょう》近くにお願い。そう、もうちょっと上にね」

とある部屋で、太宰が宴《うたげ》の準備をしていた。

造船所の建物内にある応接室だ。倒産《とうさん》して所有者が不在となった造船所跡地《あとち》は、非合法組織にとって格好の住処《すみか》になる。

船を補修するための船渠《ドック》は今は広い空き地となっており、その両側に立つ三階建ての建物は、静かに滅《ほろ》びゆく運命を受け入れていた。

その建物の中にある一室に、太宰と蘭堂はいた。

かつては高級絵画と沈《しず》み込むような革張り椅子《いす》が置かれていたであろうその部屋は、今は雨《あま》漏《も》りの染《し》みと割れた硝子《ガラス》の破片《はへん》が彩《いろど》る廃屋《はいおく》となっていた。そして太宰は、どんな改造をしても誰《だれ》も文句をつけてこないこの部屋を、彼の望みの部屋に変える真っ最中だった。

「はあ、楽しみだなあ。中也君が自由を得た記念に、こんな盛大《せいだい》なパーティを催《もよお》して貰《もら》ったと知ったら、彼はどれくらい喜ぶだろうか」

太宰は上機嫌《じょうきげん》に鼻歌を歌いながら、壁に飾り布を留めている。右手は石膏《ギプス》帯で固められている状態だが、左手だけで色とりどりの装飾《そうしょく》を次々飾り付けていく。

「おお、この飾り布、なが－い。奮発して用意しただけあるなあ。部屋の壁を全部飾りで埋《う》め尽くせそうだ。ほら蘭堂さん、端《はし》持って。これだけ豪華《ごうか》な飾り付けなら、中也君は感動して涙《なみだ》を流すね」

部屋には深紅《しんく》の上等な絨毯《じゅうたん》が敷《し》かれ、音響《おんきょう》装置からは少年達が好みそうな陽気な現代音楽が流れている。部屋の奥には金装飾の配膳台《はいぜんワゴン》があり、その上には二十人を満腹にできそうなほど巨大《きょだい》なホールケーキが載《の》っていた。

部屋の照明は暗く抑《おさ》えられ、数秒おきに切り替《か》わる鮮《あざ》やかな彩色《さいしき》照明が、部屋を深海や黄昏《たそがれ》や新緑の中のように見せていた。

「いや太宰君……この歓迎《かんげい》をされたら、普通《ふつう》の人間は『殺す』と云《い》うと思うが……」

「なんで？」

部屋の飾り付けを手伝いながら、蘭堂がおそるおそる云った。

太宰はどこまでも長い紅色の飾り布を持って、不思議そうに云った。

「どこからどう見ても『中也君・解放されておめでとう＆お疲《つか》れさまパーティ』だよ。菓子《かし》と飲み物、いい感じの音楽。仲間の笑顔《えがお》。他《ほか》になにがいるんだい？」

「若い人達のことはよく判らぬ……が、少なくとも『落とし穴』ではないと思うが……」

蘭堂が、小動物が困った時のような顔で床《ゆか》を見た。

落とし穴は絨毯によって完全に隠《かく》されていた。照明の絞《しぼ》られた部屋の、入口から見える巨大なホールケーキの手前。さあ奥へ、と促《うなが》されれば、必ずそこまで行くであろう位置。

「ふふふ……ただの落とし穴ではないよ！《羊》の面々に祝福され、奥へと通された中也君は、ここですとんと地下階に落ちる。勿論《もちろん》、その程度の罠《わな》では中也君は躓《つまず》きもしない。下の床を蹴《け》って、すぐに戻《もど》ってくるだろう。だが残念、下の層に足場はない。何故なら下はアメンボだって溺れ死ぬこと請《う》け合いの、どろどろの軟泥《なんでい》だからだ。幾《いく》ら中也君でもこれを蹴って一《いっ》瞬《しゅん》で脱出《だっしゅつ》するのは難しい。そして……ふふふ、このパーティの本当の主賓《しゅひん》は、泥《どろ》の中でもがく中也君の上から降ってくる二十瓩《キログラム》にも及《およ》ぶ大量の小麦粉だ。落とし穴が開くと同時に、浪漫情緒《ロマンチック》というよりはちょっと多めの粉雪が、彼の体をドカッと覆《おお》い尽くす。中也君の重力は直接触れた物体にしか効果を発しないが、小麦粉は粒子が細かすぎるので、触れていない残りの小麦粉が大量にのしかかってきてはじき飛ばせない。——結局、彼は窒息死《ちっそくし》しないために口のまわりに反重力を集中させ、どうにか呼吸をしながら、唯一《ゆいいつ》の抵抗《ていこう》としてあらん限りの罵詈《ばり》雑言《ぞうごん》を上階の僕にむけて叫《さけ》びまくるだろう。僕はそれを宴用音楽として聞きながら、優雅《ゆうが》に菓子を食べるのさ。ああっ、今からぞくぞくする！」

愉悦《ゆえつ》に頬《ほお》を上気させながら、聖誕祭《クリスマス》の前日のような少年の笑みで語る太宰。

一方の蘭堂は——完全に引いていた。

「ああ……うむ、その……少なくとも、君がマフィアの拷問《ごうもん》官に大変向いていることだけは判った……」蘭堂はひくひく動く唇《くちびる》の端を意志の力でどうにか抑えながら云った。「しかし、中也君をこの会場まで呼び寄せる方策は？」

「大丈夫《だいじょうぶ》、《羊》の何人かを騙《だま》して仲間を集めさせ、本物の宴に偽装《ぎそう》する。そのへんの準備もほぼ完了《かんりょう》してる」

「はあ、そうかね……。流石《さすが》は森殿《どの》の懐刀《ふところがたな》……」

「森さんには『人の嫌《いや》がることを進んでしましょう』とよく云われてるからね」太宰が胸を張って云う。

「意味が違《ちが》う……」

飾り付けを終えた太宰が、手の汚《よご》れを叩《はた》きながら蘭堂の許《もと》へと戻って来た。

「第一ね、《羊》と中也君は一度しっかり仲違《なかたが》いしたほうがいいよ」太宰は歩きながら云った。

「彼等は火薬庫で炒《いた》め物料理をしているみたいな状態だ。自分達は気づいてないみたいだけどね。中也君も、《羊》の面々も、今の防衛体制が最悪の構造だって気づいていないんだ。ああいうのは何て云うのかな。釦《ボタン》の掛《か》け違い？　不安定集団？　あるいは〝生焼け肉理論〟かな？」

「その……生焼け肉理論？　というのは何だ？」

「ああ、森さんから教わったんだけどね……三人の若者が焼肉を食べに行ったと考えてみてよ」太宰は顎《あご》を指でつまみながら云った。「生肉を七輪に載せて、十分に焼けたら取って食べる。それが焼肉だ。しかし若者三人は食べ盛《ざか》りなので、焼けた端から食べてしまう。皆《みんな》もっと沢山《たくさん》食べたい。つまりは戦場だ。ここで一人が鋭《するど》い閃《ひらめ》きを見せる。しっかり焼けるより少し前の肉を取って食べればいい。そうすれば、他の二人に先んじて肉を食べられるぞ、ってね。そして彼はそうする。計算通り、彼は好きなだけ肉を食べ、大いに満足する。さて、割を食うのは形勢不利となった残りの二人だ。肉を食べられない焼肉なんてする意味がない。打開策はあるか？　勿論ある。相手と同じ戦略を取ること……すなわち自分達も生焼け肉を食うことだ。他に手はない。そのように全員が生焼け肉を食べ始めれば、もはや各個人の意志ではそれを覆《くつがえ》せなくなる。自分だけ止《や》めれば、肉にありつけなくなるからだ。かくして全員が生焼け肉しか食べられない不幸状態に陥《おちい》る――『十分火が通った肉のほうが美味《おい》しい』と誰もが理解していながらね。これが〝生焼け肉理論〟だ。世の不幸の半分くらいはこれで説明がつく」

「はあ……つまり……個々人が個別最適を追求していった結果、全体最適が損《そこ》なわれること…

…そしてその不幸状態をつくりだした構成員には、もはやその不幸を取り除く手段がないこと。そういう状態のことか」蘭堂は首をひねった。「それが《羊》にも起こっていると？」

「うふふ、彼等のいいところは、自分達が食べているのが生焼け肉だと気づいてすらいないことだ。大変面白《おもしろ》い玩具《おもちゃ》だよ、《羊》と中也君は。あんなものが沢山見られるとは、裏社会というのもなかなか楽しい場所だ」

太宰はそう云って、くすくすと笑った。

「確かに……そうかも知れぬな」蘭堂は暖を取るために、照明器具に手をかざしながら云った。

「暴力も抗争《こうそう》も、生きるのに必須《ひっす》のものではない。全員が『生焼け肉を食べるのをやめよう』と……つまり『争いをやめ、武器を禁止しよう』と宣言し遵守《じゅんしゅ》すれば、この世から暴力はなくなる。だが実際はそうはならない。必ず誰かが抜《ぬ》け駆《が》けする。抜け駆けして振《ふ》るう暴力は、必ず莫大《ばくだい》な利益をもたらすからだ。そうなれば他の人間も『生焼け肉』を食うしか……反撃《はんげき》の暴力を所有するしかなくなる。それが黒社会における抗争の本質と云える」

「古株の蘭堂さんは僕なんかより、余程《よほど》そのへんに詳《くわ》しいだろうね」太宰が薄《うす》い笑みを浮《う》かべて云った。

「うむ……先代の時代、私は最下層の構成員だった」手をさすって温めながら、蘭堂が云った。

「後ろ盾《だて》も経済基盤《きばん》もない下っ端《ぱ》だ。仕事は最前線で戦って死ぬこと。無数の抗争を生き残ったのは異能のおかげもあるが、殆《ほとん》ど運だ。首領が森殿に代替《だいが》わりし、実力を認められて準幹部並の扱《あつか》いにまで引き上げられた。……だから森殿には恩義しかない。あの人のためにマフィアの敵を殲滅《せんめつ》する。今回の《荒覇吐》による危機にも、可能な限り尽力《じんりょく》する心算《つもり》だ」

「期待しているよ」太宰が微笑《ほほえ》んだ。

「そして……そうだ。太宰君、君は《荒覇吐》事件の犯人が判《わか》ったと云っていたが……本当であるのか？　それとも中也君を虐《いじ》めるためについた嘘《うそ》か？」

「両方だよ」太宰は笑って云った。「中也君の前で云ったのは彼に賭《か》け勝負を受けさせるためだけど、犯人が判ったのも本当だ」

「ほう……それは誰《だれ》だ？」

「貴方《あなた》だよ、蘭堂さん」

沈黙《ちんもく》。

ただ静かというのではない、あらゆる音が逃《に》げていったために発生した沈黙だ。

「貴方が先代の姿を偽装し、《荒覇吐》の噂《うわさ》を広めた。……何か云う事は？」

太宰の問いに、蘭堂は困ったように頭を掻《か》いた。

「はあ……？　あー、その……申し訳ないが、こういう時……どのような反応をすべきなのか、よく判らない。何しろその、犯人呼ばわりされた経験が無いので」

「いいよ、誰にでも最初はある」太宰はにっこり笑った。「じゃあサーヴィスに、一般的《いっぱん》な犯人の反応も僕のほうで織り込んで話を進めてあげよう。……まず、犯人呼ばわりされた蘭堂さんはこう反応する。『莫迦《ばか》な、ありえない』もしくは『なかなか面白い冗談《じょうだん》だ、太宰君』——すると僕はこう返答する。『でも間違いない、貴方が犯人だ』。次に犯人は感情に訴《うった》えて反論を試みる。『さっきの話を聞いていなかったのか？　私は森殿に多大な恩義を感じている。そんな私がどうして、内乱を誘発《ゆうはつ》してマフィアを潰《つぶ》すなどという邪悪《じゃあく》な陰謀《いんぼう》を企《たくら》むのだ？』——ここまではいい、蘭堂さん？」

「いや……実にその通りで、全く口を挟《はさ》む事がない」蘭堂は困ったように云《い》った。「慥《たし》かに、私の今の胸中は君が云った通りだ。で……君はその後、どのように反論するのだね？」

「僕はこう云う。『恩義は関係ないんだよ、蘭堂さん。何故《なぜ》なら貴方の目的はそもそも、マフィアを攻撃《こうげき》する事ではないからだ。犯人の目的は別にあったんだ』——どうかな？　そろそろ替われそう？」

「ああ……うむ。まだ少し混乱しているが……」蘭堂は頭を掻いた。「犯人呼ばわりは私も困る。真面目《まじめ》に反論しなくては……そうだな。では根拠《こんきょ》は何だ？　君の糾弾《きゅうだん》はすべて推測でしかなく——」

「推測でしかなく、私が首謀者《しゅぼうしゃ》であるという論理的根拠を伴《ともな》っていない」太宰は蘭堂の台詞《せりふ》の後半を引き継《つ》いだ。「その通りだ。いい感じだよ蘭堂さん。さて、では僕は証拠《しょうこ》もなく準幹部に難癖《なんくせ》をつけているでしょうか？」

「まあ……あるのだろうな、根拠が。君のその自信からして……」蘭堂が困った顔で云った。

「君なりの根拠が。私には想像もつかぬが……」

「だったら早く聞きたいよね。勿体《もったい》ぶると悪いな」太宰は肩《かた》をすくめて云った。「貴方はミスを犯《おか》した。とても初歩的なミスをね。云えばきっと悔《くや》しがると思うよ」

「そのミスとは？」

「海だ」太宰は立てた人差し指を振りながら断言した。「貴方は云った。黒い炎《ほのお》の《荒覇吐》を目撃した時、遠くに見える海だけが、灰色の鋼の表面のように、静かに凪《な》いでいたと」

「ああ……確かに云った。実際に目撃したからだ。それが如何《どう》したというのか……？」

「自分で気づかなくていい？」

「いや……何が悪いか判らぬ。云ってくれ」

「判った」太宰は笑顔《えがお》で頷《うなず》いた。「いい？　現場は擂鉢街の中心地。そして擂鉢街は、爆発《ばくはつ》のために半球状にえぐれた盆地《ぼんち》だ。つまり」

「ああ！」不意に蘭堂が叫んだ。「ああ……成程」

「そう」太宰が頷いた。「見える筈がないんだよ。海なんてね。直径二粁《キロ》ほどの巨大窪地《きょだいくぼち》の中にいたら、どう背伸《せの》びをしたって海なんか視界に入らない。——さて、それに気づけば後は簡単だ。何故海が見えたなんて云ったのか？　他《ほか》の証言は完璧《かんぺき》で、噂との齟齬《そご》もなかった。《荒覇吐》の描写《びょうしゃ》には、嘘とは思えぬ真に迫《せま》った説得力があった。僕が思うに、貴方は実際に見たんだ。海をね。だから間違えた。さて、あの擂鉢街から海が見えたのは、もうずっと前。……八年前の爆発の時より前だ。つまり蘭堂さん、貴方は目撃したんだね？　擂鉢街を生み出した、あの厄災《やくさい》を。《荒覇吐》という噂そのものが生まれるきっかけとなった、黒い大爆発を」

蘭堂は返事をしなかった。

太宰はしばらく黙《だま》って蘭堂を見つめ、それから小さく息を吐《つ》いた。

「《羊》の噂好きさんが云っていたよ。《荒覇吐》の最古の噂は八年前の、例の擂鉢街をつくった爆発だって。多分、その爆発を起点にして、《荒覇吐》という古神の噂が囁《ささや》かれはじめたんだ。遠目から目撃した人が、他にもいたんだろう。但《ただ》し蘭堂さん、貴方はそれを間近で目撃した。普通《ふつう》なら蒸発するほどの間近でね。その記憶《きおく》をなるべく正確に言葉にした結果、証言に海なんていう不純物が混じったんだ。そして、何故正確に証言しなくてはならなかったのか、という視点から、貴方の動機も見えてくる」

黙って聞いていた蘭堂は、諦《あきら》めたようにため息をついた。

「君と中也君は賭けをしていたな」蘭堂は云った。「ならば賭けは君の勝ちか。より早く犯人の許《もと》へ辿《たど》り着いたのだから」

「感謝するよ蘭堂さん」太宰は微笑んだ。「これで彼を一生犬としてこき使え——」

何かが壁《かべ》を突《つ》き破って部屋に飛び込んだ。

そして横向きの衝撃《しょうげき》が、蘭堂の体を叩《たた》き飛ばした。

「——ったぞ手前《テメ》ェ！」荒々《あらあら》しい叫《さけ》び声がした。「これであの陰険野郎《いんけんやろう》との賭けは俺の勝ちだ！　犯人は、手前だ！」

蘭堂は壁を突き破って建物の外に飛び出し、地面を転がった。

その上に、小柄《こがら》な人影《ひとかげ》がのしかかる。

太宰は目をぱちくりさせた。「……わあお」

「悪いがこれでお縄《なわ》だぜ、旦那《だんな》」得意げに笑みを浮かべているのは、無論中也だ。「俺の目から逃《のが》れられねえよ。あんたが嘘をついてたことくらい、俺にはとっくにお見通し——うおお陰険野郎！　なんでこんなトコにいんだよ⁉」

「それはこっちの台詞だよオチビさん」太宰はうんざりした顔で云った。「云っておくけど、犯人告発は僕のほうが先だからね。今まさに犯行の説明をしている最中だったんだから」

「はあ？　最中ってコトは、まだ終わってねえんだろ？　なら俺の勝ちだ。俺はこうして犯人をぶっ倒《たお》した。つまり勝利だ。勝った奴《やつ》が強い。この世の真理だ」

「君みたいな奴が世の中を生焼け肉だらけにするんだ」太宰は嫌悪《けんお》感《かん》を含《ふく》んだ表情で云った。

「君も海の矛盾《むじゅん》から蘭堂さんに辿り着いたのかい？」

「海？」中也がきょとんとした。「何の話だ、そりゃ？」

「うん？　じゃあ一体どうやって、蘭堂さんが犯人だと見抜《みぬ》いた？」

「んなもん、話を聞けばすぐだろうが。これまでの目撃証言は、先代首領のジイサンを見たって話ばかりだ。だがそこの旦那は《荒覇吐》本体を見たと云った。そんなこと、ありえねえんだよ。だから嘘だと判った」

中也に踏《ふ》まれて地面に転がる蘭堂が、呻《うめ》き声をあげながら口を開いた。

「では君は……神などというものは存在しないから、私を犯人と考えた、と？」

「はは、違《ちげ》えよ。逆だ。神は実在するからだ」中也は断言した。「俺はそれを知ってる。そしてあんたが擂鉢街で奴を目撃できる筈がねえ」

その台詞を聞いて、蘭堂の気配が変わった。

寒さからくる震《ふる》えが、止まったのだ。

「《荒覇吐》が実在することを……知っているのか？」蘭堂が絞《しぼ》り出すようにそう云った。

「ああ。あんた、見たんだろ？　八年前のあいつを。じゃなきゃあそこまで正確に姿を証言できねえからな」

「ああ……見た」蘭堂は体を起こしながら云《い》った。「見ただけではない。間近で爆発を受けた。全くの不意打ちだった……私は瀕死《ひんし》の重傷を負い、生死の境を彷徨《さまよ》った。衝撃と炎のために記憶を失い、横浜の街を流浪《るろう》した。そこで先代の目にとまり、マフィアへ加入した……」

蘭堂は熱のある視線で中也を見て云った。「中也君、ならば君は知っているのだな。――《荒覇吐》が今、どこにいるのかを」

中也は答えず、ただ鋭《するど》い目で蘭堂を見返した。

「教えてくれ」

「そりゃ気になるよねえ蘭堂さん」太宰が薄《うす》く笑って蘭堂を見た。「だって、蘭堂さんはそれを知るためだけに今回の騒動を起こしたんだから。《荒覇吐》の嘘《うそ》を見抜けるのは、真の《荒覇吐》を知る者のみ。荒覇吐を正確に描写したのは、自分自身を巨大な餌《えさ》として、真相を知る者を釣《つ》ろうとしたからでしょう？」

中也はしばらく黙って二人を見回していたが、やがて首を振《ふ》った。

「全く……なんであんな奴に会いたがる？」中也は云った。「あいつには人格や意思そのものが存在しねえんだぞ。そんな奴に会ってどうするってんだ？　神だからって拝むのか？　あいつは荒神《あらがみ》、つまりは単純な力の塊《かたまり》なんだ。颱風《たいふう》や地震《じしん》と同じだ。発電所の燃料拝むのと大して変わりねえぞ」

「人格など問題ではない。意思や思考も問題ではない」蘭堂は厳《おごそ》かな口調で云った。「大いなる破壊《はかい》。地を焼き、空を染め、大気を震わす、異形の存在。理解の及《およ》ばぬ、彼岸《ひがん》なるもの。その『力』だけで、私には十分なのだ。教えてくれ、中也君。人智《じんち》を超《こ》えた存在は——私を焼いた者は、今どこにいる？」

中也はすぐに答えなかった。自分の掌《てのひら》を眺《なが》め、裏返してまた眺めた。そうやって悩《なや》む時間を稼《かせ》いでいた。だが、やがて諦めたように息をついた。

「判《わか》った。そこまで知りたきゃ教えてやる」中也の目は澄《す》んでいた。見たものすべてを吸い込みそうなほどに透明《とうめい》だった。「《荒覇吐》はな——」

息を吸い、吐いた。

そして云った。

「俺だよ」

太宰が一歩退《ひ》いた。

「何……だって？」

中也の表情はどこまでも静かだった。その顔は何も示唆《しさ》しておらず、何も意図していなかった。ただ事実のみを述べた顔だ。

「やはりそうか」蘭堂はゆっくり頷《うなず》いた。「薄々《うすうす》そうではないかと思っていた」

「俺の記憶《きおく》は、人生の途中《とちゅう》からしか存在しねえ」中也は静かな声で続けた。「衝撃で一時的に記憶を失ったあんたとは違《ちが》う。八年前のあの日以降しか、人生そのものが存在しねえんだ。それ以前は、闇《やみ》だ。青黒い闇に浮《う》かんでた。どこかの施設《しせつ》に封印《ふういん》されてた。《荒覇吐》は神じゃねえ。死者を蘇《よみがえ》らせる力もねえ。俺っていう人格が、どうして存在するのかも判らねえ。判るのは、誰《だれ》かの手が封印を破って、俺を外に引っ張り出したってことだ。——あの手はあんただな、蘭堂？」

青黒い闇。

透明な壁《かべ》に取り囲まれた、重く静かな闇。

そして、封印を破る、力強い誰かの手。

「答えてもらおうか」中也は云った。「あんたは何処《どこ》で俺を見つけた？　何故《なぜ》俺を連れ出した？　そして——どうやって《荒覇吐》の完全体を顕現《けんげん》させた？　それを知るために、俺はこの事件を追った。ようやく逢《あ》えたぜ。さあ、全部吐《は》いてもらおうか」

返事はなかった。

蘭堂が俯《うつむ》き、表情を隠《かく》して震えていた。

寒さからくる震えではない——蘭堂は嗤っていた。

「無論、無論。教えるとも……君にはそれを知る資格がある」蘭堂は低くよく響《ひび》く声で云った。「しかし口で説明するより、見たほうが早かろう。……これが八年前、私が君にしたことである」

周囲の風景が切り替《か》わった。

空間が反転し、風景が切り離《はな》された。周囲はそれまでいた造船所跡《あとち》地ではない、全く別の何かになった。

「蘭堂さんの亜空間《あくうかん》異能……？」太宰が周囲を見回した。「だが……ここまで大規模な亜空間転送が可能なんて、一度も報告が……」

異能による亜空間は、造船所そのものを覆《おお》い尽《つ》くすほど広大に展開されていた。屋根よりも高くまで展開された亜空間そのものが深紅《しんく》に輝《かがや》き、揺《ゆ》らめいている。

「知っての通り……私の亜空間は、通常空間から隔絶《かくぜつ》された異世界だ」蘭堂が云った。「私が招かない限り、何者もこの空間の中へ入ることはできない」

「桁違《けたちが》いだ」太宰が周囲を見回した。「これほどの出力、準幹部の水準を軽く超えてる。幹部級、いやそれ以上……こんな巨大《きょだい》な異能を、今まで隠していたのか？　組織の誰にも、知られずに……？」

「隠していたのではない。つい最近、思い出したのである。私の……真の名と共に」

蘭堂が一歩前に出る。深紅の空間の中でも、その気配の異様さが伝わってくる。

「真の名？　蘭堂さん、貴方《あなた》は」

「私の名は蘭堂ではない」蘭堂の周囲の空間が揺らめき、黒い炎《ほのお》が現れた。花弁《かべん》のように蘭堂を取り囲み、音もなく燃えさかる。「蘭堂という名は、所持していた持ち物の綴り《スペル》を見た、仲間が名付けたものである。……そして真の名を思い出した時、私は決意した。今回の謀略《ぼうりゃく》を。神を騙《かた》り、悪魔《あくま》を使役《しえき》する事を。すべては中也君……君を探し出し、そして殺すために」

いきなり亜空間の中心が爆《は》ぜた。

高密度の空気が波となって押し寄せることを衝撃波《しょうげきは》と呼ぶ。だが——それは正確には、空気の波ではなかった。空間そのものの爆裂《ばくれつ》、それによって生成された振動波《しんどうは》が、波濤《はとう》となって中也を呑《の》み込んだ。

「ぐおァ!?」

叩《たた》きつけられた空間波が、中也の体を軽々と吹《ふ》き飛ばした。水平に飛翔《ひしょう》する中也の体が、造船所の錆《さ》びた鉄柱を叩き折り、さらに飛翔してコンクリ壁《へき》に叩きつけられる。

「が……は……」

地面に落下した中也は、立ち上がることすらできず、その場で盛大《せいだい》に血を吐いた。

「ふむ……今ので死ななかったか。完全な《荒覇吐》からは程遠《ほどとお》いとはいえ、強靭《きょうじん》な肉体と云《い》える」

「な……」太宰は啞然《あぜん》として中也を見るしかない。「どうして重力で防禦《ぼうぎょ》しなかった？」

「出来なかったのだ。空間そのものを衝撃波として叩きつける私の攻撃《こうげき》は、どのような物理法則の影響《えいきょう》も受けない」蘭堂が云った。「この亜空間内部は私の王国である。故《ゆえ》にこの内部でのみ……私の異能は存在が可能だ。このように」

ひゅうひゅうと、風が哭《な》く音がした。

「くそ……こいつはマズいぜ」地面に手をついた中也が、唇《くちびる》の血をぬぐいながら云った。「奴《やつ》が出てきやがった」

歪《ゆが》み輝き、深紅の靄《もや》がかかった亜空間の向こうから、それが姿を現した。

「懐《なつ》かしき……懐かしき顔が在りよる。小僧《こぞう》、小僧……息災か？　医師《せんせい》に虐《いじ》められてはおらぬか」

それは黒い衣《ころも》を纏《まと》い、空中に浮かんだ老爺《ろうや》だった。

「やァ……これはこれは」さしもの太宰も、笑顔《えがお》が強張《こわば》っている。「久しぶりだね。例の腰痛《ようつう》はどう？　顔色もいいね。死んでよかったんじゃない？　首領、いや——先代首領」

痩《や》せた四肢《しし》、老いに落ちくぼんだ眼窩《がんか》。血管の浮いた頰《ほお》。目ばかりが往年の残虐《ざんぎゃく》を宿して、らんらんと輝いている。

夜の暴帝《ぼうてい》、横浜の悪逆。その破壊《はかい》の意志は人間の域を超《こ》え、呪《のろ》いとすら表現された。悪としてのポートマフィアの体現者。

「先代は死んだはずだ。何をしたんだい、蘭堂さん」

「彼は……私の異能である」蘭堂は背を丸めて云った。「私の異能は、亜空間内に死体を取り込み、異能化する能力。先代の墓を掘《ほ》り起こしたのだ。もっとも、一度に使役できる異能生命体は一人のみだが。つまるところ……先代は今、私の使役する異能生命体だ」

太宰も中也も絶句していた。

二人とも異能者は何人も見知っていた。だがこれほど異端《いたん》な能力、怪奇《かいき》的な能力を、二人は知らなかった。

人間を異能化する能力。

「常識外れすぎる」太宰が声を絞《しぼ》り出した。「蘭堂さん、貴方は何者なんだ？」

「かつての私は、敵国を出し抜《ぬ》き情報を持ち帰るために選抜《せんばつ》された欧州《おうしゅう》の異能諜報《ちょうほう》員であった」蘭堂は俯いたまま云った。「そして八年前、任務のためにこの国に潜入《せんにゅう》した。目的は、この国で研究されているという、未知の高エネルギィ生命体を調査、奪取《だっしゅ》すること」

「それが……《荒覇吐》ってことか」太宰は険しい表情で云った。「だとしても……欧州の異能諜報員だって？　つまりそれは、世界でも数十人しかいない最高位の異能を持つ、『超越《ちょうえつ》者』級の異能者ってことだ。蘭堂さん、貴方はまさか」

「改めて自己紹介《しょうかい》をしよう……」蘭堂は存在しない帽子《ぼうし》を取り、胸の前に置いて一礼した。

「私の名はランボオ。アルチュール・ランボオ。能力の名は『イリュミナシオン』……私の目的は中也君、君を殺し、異能として取り込むことだ」

何条もの爆裂が殺到《さっとう》した。

赤く凝固《ぎょうこ》した空間波の壁を、中也は空中に跳《と》んで回避《かいひ》した。建物の壁に横向きに着地。さらに追撃で殺到してくる空間波を、壁を横向きに駆《か》けながら回避していく。

「ちっ」

一瞬《いっしゅん》前まで中也のいた壁が、紙細工が破れるように次々に粉砕《ふんさい》されていった。

鉄柱さえへし折る強力な攻撃。もう一度まともに喰《く》らえば、中也といえど二度と立てないだろう。

「幾《いく》ら君でも、空間自体から逃《に》げ続けることはできぬ」

壁を蹴《け》って跳んだ先にも衝撃波。己《おのれ》にかかる重力を制御《せいぎょ》する中也であっても、空中での機動力は地上の時に較《くら》べると大幅《おおはば》に落ちる。逃げ切れない。

空中で中也が嗤った。

「はは。この程度で追い詰《つ》めた心算《つもり》かよ？」

中也は身を翻《ひるがえ》し——何もない空中を蹴って衝撃波を避《よ》けた。

「何っ」

中也の靴裏《くつうら》が蹴ったのは、ほんの小さな建物の破片《はへん》だった。小指の先ほどの大きさしかない壁《かべ》の破片を空中で蹴り、同時に破片の重力を極大化、そして自分の重力を極小化。質量比を逆転させ、大岩を蹴って跳んだ鼯鼠《むささび》のように、足掛《あしが》かりのない空中で素早《すばや》く方向転換《てんかん》したのだ。

空中の中也を連続空間波が襲《おそ》う。だが中也は空中の破片を連続で蹴り、次々に衝撃を回避していく。

「素晴らしい戦闘《せんとう》の才……だが、逃げてばかりでは孰《いず》れ追い詰められるぞ、少年」

下方向に回避した中也に、さらに空間波が襲いかかる。亜空間にいる限り、攻撃から逃《のが》れる術《すべ》はない。質量を持たない空間そのものによる攻撃のため、重力でそらすこともできない。まさに中也の天敵といえる能力だった。

だが。

「忘れっぽいんじゃねえかオッサン」

衝撃波が中也に殺到し——直前で雲散霧消《むしょう》した。

中也が盾《たて》を掲《かか》げて、衝撃波を防いだのだ。

「ちょっと、服引っ張らないでくれる？　襟《えり》のとこが痛い！」

盾が喋《しゃべ》った。

「太宰君……か」

「こいつは異能を無効化させる」中也が太宰を摑《つか》んだまま云った。「こいつ自身に触《ふ》れねえように亜空間《あくうかん》を展開することはできても、攻撃を届かせる事はできねえ。欧州の異能諜報員が聞いて呆《あき》れるぜ。こんな奴の無効化も突破《とっぱ》できねえなんてな」

「うむ……その通りである。私の目から見ても、太宰君の存在は異端……欧州にすら存在せぬ、究極の反異能者。しかし——」

蘭堂が手を掲げた。

「中也君！　僕を思いきり後ろに引け！」

太宰が中也に向けて叫《さけ》ぶのと、銀の閃光《せんこう》が奔《はし》るのが、ほぼ同時だった。

空間が切断された。

銀色の一閃が、一瞬前まで太宰の首があった部分を両断していた。鎌《かま》の先端が太宰の服、皮《ひ》膚《ふ》、筋肉の一部を引っ掻《か》き、血の飛沫《しぶき》を纏《まと》って通り抜ける。

「ぐあ……っ」太宰が呻《うめ》く。

太宰を引き倒《たお》して攻撃を回避させた中也が、驚《おどろ》きに目を瞠《みは》った。

「莫迦《ばか》な」中也が叫ぶ。「こいつを傷つけられる筈《はず》が――」

太宰を裂《さ》いた銀の閃光の正体――それは、人間の身長ほどもある長鎌だった。

その鎌の柄《え》を握《にぎ》った老人が、くぐもった笑い声をたてた。

「因業《いんごう》……まさに因業。この手で小僧の首を刎《は》ねる日が来ようとは」先代首領が、しわがれた声で云《い》った。「その前に思い出話でも語りたいところだが……この身ではそれも敵《かな》わぬか」

「首領。貴方《あなた》はもはや人間ではありませぬ……」蘭堂が厳《おごそ》かに告げた。「生前の人格と記憶《きおく》が再現されるよう異能に式を組み込んではおりますが……貴方はあくまで私の異能。そして貴方の使命は……中也君に死体となって頂く間、太宰君を足留めする事です。その大鎌にて」

「諒解《りょうかい》、諒解しておるとも。この魂《たましい》は、異能にへばりついた破れ紙。この身は内面も自意識もない自動人形じゃ……だが、それが不思議と小気味よい」

先代首領が鎌を掲げる。

黒い布を全身に巻いた首領が空中に浮《う》かび上がる……西洋の古い死神のように。

「参ったね」胸を真横に走る傷口を押さえながら、太宰は苦しそうに云った。「あの大鎌は実在する物質だ。異能じゃあなく、どこかから調達し先代に持たせたものだ。つまり――」

「お前でも刺《さ》されりゃ死ぬ、って事か」中也はちらりと太宰を見た。

太宰の傷は深い。胸の中心を横切り、二の腕《うで》まで切り裂かれている。傷口のまわりの衣服は既《すで》に血で赤く染まっている。手早く処置をしなければ、命に関《かか》わる傷だ。

「ち……マジかよ」中也が顔を歪《ゆが》めた。「八方塞《はっぽうふさ》がりじゃねえか。流石《さすが》にこいつはやべえぞ」

質量がないため中也には防げない空間波の攻撃《こうげき》。

異能ではないため太宰には打ち消せない大鎌の刃《やいば》。

太宰と中也が、たった一種類の異能によって完全に封殺《ふうさつ》されていた。

「太宰君。君を殺すのは私の本意ではない……少年を殺すなど実に胸が痛む」蘭堂は陰鬱《いんうつ》な声で云った。「だが君の摑んだ真相を森殿《どの》が知れば、私に刺客《しかく》を差し向けるだろう……私は彼等を大勢殺す事になる。かつての仲間を……それは避けたい。君の命ひとつを奪《うば》うのみという出費なら、そう悪い支払《しはら》いではないのだ。すまないが、中也君と共に死んでくれ」

蘭堂は申し訳なさそうに云った。その目にはマフィアがごく当たり前に持つ闇《やみ》――人間の命を数でしか考えない、濁《にご》った闇が浮かんでいる。

かつて蘭堂と名乗っていた異能者が一歩を踏《ふ》み出す。その身が黒い炎《ほのお》に包まれる。

先代首領が空中高くへ浮き上がる。銀の大鎌が死を宿して輝《かがや》く。

「あー……こりゃ無理だね」太宰は平坦《へいたん》な声で云った。「諦《あきら》めて死のう」

「はァ？」

太宰はいきなり、地面に座りこんだ。

中也は驚いて太宰を見た。太宰はごく平凡《へいぼん》な表情を浮かべていた。何の隠《かく》し事もない、本当に思ったことを云っただけという顔だ。

「何だそりゃ。寝言《ねごと》か？」

「いや無理でしょこれ。欧州の異能諜報員だよ？　勝てる訳ないよ」

「てめ……」

云い終わる前に、横向きの衝撃波《しょうげきは》が中也に叩《たた》きつけられた。

跳んで回避しようとしたが間に合わず、中也は左半身にまともに衝撃波を浴びた。巨大《きょだい》な鉄球に殴《なぐ》り飛ばされたかのように水平に飛翔《ひしょう》し、地面を削《けず》りながら転がる。砕《くだ》かれた壁の瓦礫《がれき》に突《つ》っ込んだ。

「太宰君の云う通りである」空間波を発生させた蘭堂は、手を掲げたまま云った。「中也君、君も諦めるべきだ。君達の異能特性は十全に把握《はあく》している。立ち向かえばそれだけ苦しい」

「く、そ……」

壁の瓦礫に埋《う》もれたまま、中也は顔をゆがめた。その唇《くちびる》の端《はし》から、血の滴《しずく》が垂れ落ちている。

「君を死体にせぬ限り、私の目的は達成されない」蘭堂は申し訳なさそうに云った。「八年前……君を奪って脱出《だっしゅつ》しようとした私は、ミスを犯《おか》して敵に囲まれた。当時私が使役《しえき》していた異能生命体では、その包囲を突破できなかった。そこで君を――荒神《あらがみ》たる《荒覇吐》を異能として取り込めば、より強い異能になるのではと考えた。そこで君を撃《う》ち、取り込んだのだが……想定の外《ほか》のことが起こった。取り込まれたのは、安全装置だったのだ。つまり君だ、中也君。人間としての人格である君は、《荒覇吐》に刻み込まれた、暴走を防ぐための護符《ごふ》のようなものだったのだろう。私が取り込もうとしたことで安全装置が外れ、《荒覇吐》の完全なる姿が外へと顕現《けんげん》した。――後は私の屋敷《やしき》で話した通りだ。完全なる荒神が顕現し、すべてを消し飛ばした」

蘭堂が一歩を踏み出す。その体軀《たいく》の周囲が、炙《あぶ》られたように赤く揺《ゆ》らめく。

「同じ失態は犯さぬ。今度は君の首を刎ね、本体である《荒覇吐》を完全に絶命させてから取り込む。――私はこれまで、君達よりずっと強く熟達した異能者も撃破してきた。抵抗《ていこう》は無駄《むだ》でしかない」

蘭堂は静かに云った。それは脅《おど》しでも強がりでもなく、ただ事実をあるがままに告げただけの顔だった。

空間そのものが震動《しんどう》しはじめ、蘭堂に集中していく。建物はおろか、大地すら抉《えぐ》り消滅《しょうめつ》させて余りあるほどの力が、解放されるのを待っている。

「ふむ。……蘭堂さん。提案がある」太宰が傷口を押さえたまま云った。「中也君に諦めるよう説得するから、時間をくれ」

蘭堂はしばらく視線を太宰に向けて、黙《だま》って考えていた。

「何分だ?」

「五分欲しいな」

蘭堂は目を閉じた。「二分なら構わん」

「どうも」

太宰はふらついた足取りで瓦礫の中也のところまで行った。そして屈《かが》み込んで、顔を中也に近づけた。

「近寄んな死にたがり野郎《やろう》。俺は説得なんかされねえ」

「判《わか》ってる」太宰はちらりと蘭堂に目を向けた。そして蘭堂に聞こえないように、小声で囁《ささや》いた。「あいつを二人で倒そう」

一瞬《いっしゅん》、中也はきょとんとした顔で太宰を見た。相手が何を云っているか判らない、という風に。「……本気か?」

「作戦がある。でも単身じゃ無理だ。君と僕の連携《れんけい》が必須《ひっす》だよ。……僕を信用するかい?」

中也はしばらく太宰をまっすぐ睨《にら》んでいた。それから口を開いた。

「心変わりの理由を教えろ。お前、死にたいんじゃなかったのか？」

「何となく……じゃ駄目？」太宰は困ったように微笑《ほほえ》んだ。

「駄目だね」

太宰は微笑んで頷《うなず》いた。「なら教えよう」

太宰は蘭堂を見て、亜空間《あくうかん》全体を眺《なが》め、そしてここからでは見えない遠くの街を見て、云った。

「少しだけ──マフィアの仕事に興味が湧《わ》いたんだ」太宰は云った。「表の世界、光の世界では、死は日常から遠ざけられ隠蔽《いんぺい》されるのが普通《ふつう》だ。忌《い》まわしいものだからだね。でもマフィアの世界では違《ちが》う。死は日常の延長線上であり一部だ。そして僕は多分、そっちのほうが正しいんじゃないかと思う。何故《なぜ》なら、『死ぬ』は『生きる』の反対じゃなく、『生きる』に組み込まれた機能のひとつに過ぎないからだ。息をし、食事し、恋《こい》をし、死ぬ。死を間近で観察しなくては、生きることの全体像は掴《つか》めない」

中也は太宰の表情をじっと見た。その奥にある、人間的な何かを探すように。「つまり、お前……生きたくなった、ってのか？」

「そこまでは云ってない」太宰は諦めたように微笑んだ。「何も見つからないかもしれない。

けど試《ため》してみようと思ったんだ。この仕事を無事に終えて、マフィアに加入する。彼を倒《たお》してね。それに――」

「それに？」

「君を犬としてこき使う約束を、まだ果たしてない」

太宰は微笑んだ。

中也はその顔を見て、鼻先でふんと笑った。「やっぱ最低だよ手前《テメエ》は。お前の作戦が失敗して、二人で死ぬようなヘマしでかしてみろ。ぶっ殺すぞ、太宰」

太宰も応じるように笑った。「いいだろう。行くよ、中也」


二人は立ち上がり、並んで蘭堂のほうへと歩き出した。

「説得は済んだかな」

「ああ」太宰は歩きながら云《い》った。「説得はうまくいったよ。中也から、僕への説得がね……今は死なないことに決めた」

蘭堂は一瞬だけ当惑《とうわく》の表情を見せた。それから仕方なさそうに笑った。

「そうか」蘭堂は云った。「森殿《どの》が聞いたら飛び上がって喜びそうな台詞《せりふ》だ。本来ならば祝福すべき状況《じょうきょう》なのだろうが……なるべく苦しませず死なせられるよう努力しよう」

「云ってくれるじゃねえか」中也が唇《くちびる》の端《はし》で笑った。「あんた、俺が今どんな気持ちか判るか？」

「さて……想像もつかぬ」

「嬉《うれ》しいんだよ。久々にこの両手を使って戦えるのがなァ！」

中也が前に飛び出した。

中也の眼前で、深紅《しんく》の空間波が爆《は》ぜた。それを予想していたかのように中也は両手で地面を叩《たた》き、反動で空へと跳《と》んだ。

「この両手、手前に叩きつけるまで止まらねえぞ！」

中也は跳躍《ちょうやく》の時に拾っておいた地面の砂利《じゃり》を、両手で撒《ま》いた。

その微粒子《びりゅうし》を足場に、空中を稲妻《いなずま》のように疾走《しっそう》する。上へ下へ、右へ左へ。深紅の衝撃波《しょうげきは》がその小さな体軀《たいく》を追うが、立体的に空中を駆《か》けるその速度に、残像を砕《くだ》くことしかできない。

「ははははァー！」

笑声とともに中也が空中を蹴《け》り、下方へ跳躍した。

隕石《いんせき》となって降る渾身《こんしん》の蹴りが、正確に蘭堂の心臓を狙《ねら》っている。

「ふっ……！」

深紅の衝撃が空間を貫《つらぬ》いた。

蘭堂が肺から呼気を絞《しぼ》り出す。両腕《りょううで》を掲《かか》げ、凝縮《ぎょうしゅく》させた亜空間を盾《たて》のように展開して蹴りを防いでいた。あまりの衝撃に、蘭堂の靴裏《くつうら》が地面を砕き、放射状の亀裂《きれつ》が入る。

「今だ、太宰!」

「何っ……」

太宰が蘭堂の眼前まで来ていた。

中也の目立つ攻撃《こうげき》に隠《かく》れて、影《かげ》のように接近していたのだ。

「私に直接触《ふ》れる事で、異能の発現自体を阻《はば》む狙いか——!」

どのような異能も、太宰に触れる事はできない。そして、異能者が太宰に体の一部でも触れられれば、発動中の異能そのものが解除されてしまう。つまり丸裸《まるはだか》も同然だ。

「……だが」

太宰と蘭堂の間に、黒い闇《やみ》が顕《あらわ》れた。

禍々《まがまが》しく黒い衣《ころも》を纏《まと》った、死者の姿が。

「子供は死ぬ時間じゃ、小僧《こぞう》」先代が嗄《しわが》れた声で告げた。

「……読まれていたか」

銀色の鎌《かま》が、死の燦《きら》めきを纏って降り注ぐ。

しかし、太宰は目をそらさない。どこまでも静かな表情で、降り注ぐ刃《やいば》を眺《なが》める。それが決

して自分を裂《さ》くことはないと、知ってでもいるかのように。

そして実際──刃は止まった。

太宰の鼻先で。

「全く腹が立つぜ、陰険野郎《いんけんやろう》」空中の中也が云った。「こうもお前の予想通りに進むんじゃあな！」

「む……」

先代首領の鎌が、黒い何かに搦《から》めとられている。

それは中也のライダージャケットだった。空中から重力制御《せいぎょ》によって投げつけられたジャケットが、鎌の根元に叩きつけられていた。

重さのままに、ジャケットが大鎌を叩き落とす。大鎌は澄《す》んだ音をたてて地面に転がり、ジャケットは元の布の重さに戻《もど》って柔《やわ》らかく落ちた。

「らあああああっ！」

中也の拳《こぶし》が、先代へと振《ふ》り下ろされる。その一発一発が灼熱《しゃくねつ》に輝《かがや》く隕石に等しい。次々に襲《おそ》いかかる連続攻撃が先代の体を捉《とら》え、叩き、砕いていく。

「ぐぬ……」

人間ならざる先代の肉体が破壊《はかい》されていく。裂傷《れっしょう》から炎《ほのお》を噴《ふ》きながら、先代は押されて後退する。

「地面と仲良くしてなジイサン！」

中也が先代の顔面を摑《つか》む。黒い重力の波濤《はとう》が接触《せつしょく》面から噴き出した。同時に、空中にあった先代の体が地面に叩きつけられる。

先代を中心に、放射状の亀裂が地面を引き裂いた。

地面に倒《たお》れた先代に対し、それでも中也は重力を緩《ゆる》めない。最大出力の重力によって、先代の体軀が地面へとめり込んでいく。

「人ならざるこの身すら……沈《しず》めるか」地面を砕き、全身が半ばほど地に没《ぼっ》しながらも、先代は薄《うす》く嗤《わら》った。「怨《うら》めしい。だが美事《みごと》じゃ、小僧」

「手先は封《ふう》じたぜ」中也が叫《さけ》ぶ。「今だ、やれ太宰！」

「云われなくても！」

太宰が地を駆ける。拳を振りかぶり、蘭堂へと迫《せま》る。

その瞳《ひとみ》に濁《にご》りはない。快晴の空のように澄み渡《わた》っている。

その瞳は誰《だれ》もが得られるものではない。生きようと決意したものだけが持つ、蒼穹《そうきゅう》の輝きだ。

「うりゃあああああっ！」

太宰の拳が蘭堂へと叩きつけられる。

——その直前。

世界が落下した。

「なっ」

深紅の輝きが世界を覆《おお》い尽《つ》くした。

建物が消滅《しょうめつ》し、地面が消滅し、重力が消滅した。世界のありとあらゆるものが攪拌《こうはん》され、破《は》片《へん》と化して、周囲を漂《ただよ》っていた。

「知っている筈《はず》……私は亜空間《あくうかん》を操《あやつ》る異能者だと」

空中で声がした。

深紅の世界の中で、人間ならざるそれが云《い》った。

「空間を操るとはすなわち、それが内包する万物《ばんぶつ》を操るという事。……太宰君、君がいかに私の天敵であろうと、立つ大地、移動する距離《きょり》そのものを改竄《かいざん》されては、拳など届かぬぞ」

蘭堂が空中に浮《う》いていた。

外衣をはためかせ、周囲に無数の瓦礫《がれき》を浮かばせながら。

「おいおい……マジかよ」中也がそれを見上げて云った。「反則だろ、こんな規模の異能……」

太宰も唖然《あぜん》として周囲を見回していた。「これだけ空間を自在に操れるなら、マフィアの金庫室に入るくらい楽勝だったろうね」

亜空間の結界の内部は、もはや地球上のどんな風景とも似ていなかった。

地面はえぐれ、建物は破砕《はさい》され、あらゆるものが深紅の大気の中に浮かんでいる。

太宰と中也は、巨大《きょだい》な瓦礫片にへばりつくように立つ、小さな蟻《あり》でしかなかった。

「中也君、憶《おぼ》えているか？　かつてこの空間に君は来た事がある」外衣をはためかせながら、空中の蘭堂が云った。「八年前のあの日……私は奪取任務《だっしゅ》のため、相棒の異能者と共にこの地へ潜入《せんにゅう》していた。私と相棒は、奪取目標であるエネルギィ生命体が、軍の秘密施設《しせつ》に封印《ふういん》されている事実を摑んだ……だが施設で君を奪取し、脱出《だっしゅつ》しようとした時、何かが起きた。善くない何か。それが何であったかは未《いま》だに思い出せぬ……覚えているのは、その何かのせいで敵に発見されて追い詰《つ》められ、《荒覇吐》を異能として取り込まざるを得なくなった事だけだ」

蘭堂の周囲を破片が舞《ま》う。音ならぬ音が大気を満たし、不可視の何かが空間に咆《ほ》えたける。

「蘭堂さん」太宰が云った。「《荒覇吐》とは……中也は一体何者なんだ？」

「私にも判《わか》らぬ。中也君を連れ帰り、それを解明することも私の任務のひとつだったが……中也君を保管・隔離《かくり》していた秘密施設は、爆発《ばくはつ》で記録ごと消し飛んだ……真相を知る者は今や誰もいない。だが中也君を異能化して取り込めば、彼の中の記憶《きおく》を再構築させられる。そうすれば凡《すべ》てが判るであろう。あの時、私の親友に何があったかも」

「親友だと……？」

深紅の世界を見上げて、中也が呟《つぶや》いた。

「そう。共に潜入任務を行った相棒の諜報員《ちょうほういん》は、私の親友でもあった。幾多《いくた》の危機を乗り越《こ》えた相棒にして異能者、名はポール・ヴェルレエヌ……。彼はどこへ消えた？　爆発で死んだのか、あるいはどこかで生きているのか？　それだけが思い出せぬ。だから君の記憶が必要なのだ、中也君。しかし君を生きたまま取り込めば、八年前の繰《く》り返しだ。故《ゆえ》に今度は死んで貰《もら》う。そして死体を異能化し、親友の現在を摑むのだ。失われた八年を埋《う》めるために。彼を救うために」

「成程《なるほど》ね……。すべてはその相棒のためか」太宰が力なく云った。「マフィアへの裏切りも、先代復活の噂《うわさ》も、この戦いも……少々信じがたい話ではあるけどね」

「手前《テメエ》には判らねえだろうな、陰険野郎」中也が蘭堂を見上げたまま云った。「仲間のためにすべてを抛《なげう》つ。命を賭《か》ける理由としちゃ、至極《しごく》真っ当な部類だぜ。……その動機、相手にとって不足はねえ」

中也は両手に異能を集中させた。拳の質量が増大し、周囲の大気が震《ふる》える。

「なあ旦那《だんな》。なんで俺が手を使わずに戦ってたか、教えてやろうか？」中也は敵へと歩き出しながら云った。その足下《あしもと》で、無数の小石が震え、浮き上がる。「俺は喧嘩《けんか》で負けた事がねえ。ヤバいかもと思った事もねえ。……当然だ。俺は人間じゃねえんだからな。俺という人格は、あんたが云うところの安全装置……溶鉱炉《ようこうろ》みてえな巨大な力の塊《かたまり》、その辺縁《へんえん》にへばりついてる模様に過ぎねえ。なあ……そいつがどんな気分か、あんたに判るか？」

中也が何もない空中に足を踏《ふ》み出した。

空中のかすかな塵《ちり》を捉え、中也の足が虚空《こくう》を踏む。もう一方の足で次の虚空を踏む。そのようにして、見えない階段を上るように、中也は蘭堂へ向かって歩いていく。

「だから両手を封じた。そうすりゃいつか負けそうになる時が来る。戦いを楽しむんじゃなく、必死に自分を守れる時が来る。……そうしたら、ちっとは愛着が湧《わ》くかと思ったんだ。模様に過ぎねえ俺に、この体の主人じゃねえ俺って人間にな」

中也が空中を蹴《け》って跳《と》んだ。

紅《あか》き夜を裂く猛禽《もうきん》となって中也が飛翔《ひしょう》する。

その真正面から、空間波が波濤となって立ちはだかる。建物を砂糖菓子《がし》のように砕《くだ》く威力《いりょく》を持つ空間波を――中也は避《よ》けず、真正面から突《つ》っ込んだ。

「何っ！」

「うおらァァァッ！」

衣服や肉の弾《はじ》ける音を響《ひび》かせながら、空間波を中也が抜《ぬ》けた。全身に裂傷が走り、無数に出血しているが、その速度は衰《おとろ》えていない。

「自らの衣服と肌《はだ》を高重力化して密度を増し、衝撃《しょうげき》を受けきったのか……！」

出血が尾《お》を曳《ひ》いて後方に流れ、全身の骨が悲鳴をあげる。だが中也の口元には凄絶《せいぜつ》な笑《え》み。

横向きの重力でさらに己《おのれ》を加速させ、生きた砲弾《ほうだん》となって蘭堂へと急進する中也。飛翔する殺意となった中也を止める壁《かべ》は存在しない。空間波の壁は間に合わない。先代による身代わり防禦《ぼうぎょ》も間に合わない。

中也の拳《こぶし》が、蘭堂の腹部に深く突き刺《さ》さった。

蘭堂の体軀《たいく》がくの字に折れ曲がる。

さらに中也は加速し、一個の生きた暴風となった。大気を裂《さ》く右の鉤突《かぎづ》き。反動を利用した左の回し蹴り。振《ふ》り抜かれた右脚《みぎあし》を軸《じく》とした、雷霆《らいてい》のような左踵落《かかとお》とし。重力で踵を固定して、相手の顎《あご》に突き刺す右の膝蹴《ひざげ》り。

拳、蹴り、拳、拳、拳、蹴り、拳。全方位から無限に襲《おそ》いかかる、圧搾《あっさく》重機のような連続攻《こう》撃《げき》。しかも打撃はすべて、蘭堂の急所を精確に打ち抜いている。永久に降り注ぐ拳と蹴りの嵐《あらし》。その一撃が次の一撃の準備動作であり、攻撃が次の攻撃を加速させていく。誰にも止められない。

胸板《むないた》を突き刺す前蹴り——その衝撃を利用して中也は縦回転。車輪のように空中に残像を描《えが》きながら、渾身《こんしん》の蹴り下ろしを放った。衝撃が空間を伝播《でんぱ》し、一帯を震動《しんどう》させる。

蘭堂は受け身も取ることができずに地面へと激突《げきとつ》した。土煙《つちけむり》が舞い上がる。

「……凄《すご》い……」地上で見つめる太宰が呆然《ぼうぜん》と呟いた。

土煙の地面に、中也が着地した。そのまま膝をつく。電撃的な連続攻撃を全力で放ったことで、かなり息が上がっていた。手を地面について体重を支える。

土煙が晴れる。

視線を上げた中也の表情が、凍《こお》りついた。

「素晴《すば》らしい」蘭堂が土煙の向こうに立っていた。あれ程の攻撃を喰《く》らいながら、その姿には傷ひとつなく、表情には苦痛の片鱗《へんりん》すらない。「中也君、君の武力と技倆《ぎりょう》は既《すで》に、《荒覇吐》とは別種の強さを獲得《かくとく》している。君は神としてではなく、人間として剛《つよ》い」

「そりゃ……どーも」中也は荒《あら》い息をつきながら云《い》った。「だが、あれだけ喰らって無傷ってのは……流石《さすが》に落ち込むぜ」

「詮方《せんかた》ない話。ここは私の空間である故」蘭堂は手を掲《かか》げ、その皮膚《ひふ》を見せた。「私の皮膚を覆うように、亜空間に薄《うす》い断絶の膜《まく》を張ってある。あらゆる物理的衝撃は、この膜を越えられぬ」

「は……欧州《おうしゅう》の異能者ってのは、何でもアリだな……」

荒い息で云う中也に影《かげ》が差す。頭上に黒い衣《ころも》。先代首領の、屍《しかばね》じみた貌《かお》。

頭部を狙《ねら》って振り下ろされる銀光。

「ち」

中也はすぐに立ち上がれない。力を使いすぎている。防禦に腕《うで》を掲げ、刃《やいば》が触《ふ》れる瞬間《しゅんかん》を狙って重力を準備する——が、亜空間《あくうかん》がその重力場そのものを切り裂き、裂け目を作った。その裂け目に、鎌《かま》の先端《せんたん》が精確に突き刺さった。

「ぐぁ……！」

中也の左手、手首のすぐ下を、鎌が縦に貫通《かんつう》していた。鋭利《えいり》な刃が逆側に抜け、先端が地面に突き刺さる。

中也は解体される前の実験動物のように、地面に鎌で縫《ぬ》い留められた。

「その傷では素早い動きはもはや敵《かな》わぬ」蘭堂が中也を見下ろして云った。「従って、次の衝撃波を避ける事も不可能だ」

上空から、巨岩《きょがん》が叩《たた》きつけられるような衝撃波が中也を叩き潰《つぶ》した。

「中也！」

太宰が支援《しえん》に駆《か》けつけようとしても、距離《きょり》が離《はな》れすぎている。浮《う》かぶ瓦礫《がれき》を足場に駆け寄っても、十秒はかかる距離だ。

「もうひとつ」

さらに衝撃波。周囲の地面に亀裂《きれつ》が走り、土塊《つちくれ》が宙に浮く。

「もうひとつ」

さらに衝撃波。今度は地中から上へと叩き上げる衝撃だ。大地が爆《は》ぜ、空中で粉々に散る。

「次は連続でいくぞ」

叩き落とす。突き上げる。無数の衝撃波が連続して同時多方向から中也を襲う。避けることはおろか、防禦姿勢を取る事すらできない。全方位から高速の自動車に轢《ひ》かれているのと同じだ。衝撃には継《つ》ぎ目もなければ終わりもない。

深紅《しんく》の衝撃波が、ようやく停止した。

中也は全身をずたずたに潰され、うつぶせに倒《たお》れていた。ぴくりとも動かない。

中也のすぐ横に転がっていた錆《さ》びたドラム缶《かん》は、繰り返された衝撃の余波で一枚の薄い板状にまで潰れていた。

「これだけ衝撃を喰らえば、戦車でも平らになる」蘭堂は静かに云った。「砕けた骨と内臓は、後で異能として再生しよう」

中也に向かって、蘭堂が厳《おごそ》かに手を伸《の》ばす。指先に異能の光がともる。

中也を異能として取り込もうとしているのだ。

「心配は要《い》らぬ。異能化によって君の魂《たましい》と人格はただの表層的情報となるが……それはおそらく、今も同じだ」

中也の全身を、異能の光が包む。

だが。

「そいつはどーも」

中也が素早く立ち上がって——腕に刺さった鎌で、蘭堂の胸を深く貫いた。

「な……に……?」

中也は生きていた。おびただしい打撲《だぼく》と裂傷《れっしょう》を負っており、幾《いく》つかの骨は折れている。だが死んではいない。

中也が腕の大鎌をさらに押し込む。刃が胸板を貫通し、血が噴出《ふんしゅつ》した。

「莫《ば》……迦《か》な……」

「俺も腹立たしいぜ」中也が傷だらけの顔を歪《ゆが》めて云った。「結局最後まで全部、あの陰険野《いんけんや》郎《ろう》の計画通りなんてな」

離れた地点に、太宰が立っている。

「悪いね蘭堂さん」

太宰は左手で、布を握《にぎ》っている。

それは——中也を騙《だま》すために、太宰が部屋に飾《かざ》り付けをしていた時の、長い飾り布だった。

その飾り布は長く地面を這《は》い、浮かぶ瓦礫の陰《かげ》になるように巧《たく》みに隠《かく》されて伸びていた。そしてその先端《せんたん》は、中也の衣服の中へと消えていた。

「蘭堂さんが周囲の建物を崩壊《ほうかい》させた時、この飾り布を拾うよう、中也に指示を出しておいた」太宰は少年の笑みを浮かべた。

「その布を俺が、異能で自分に結びつけておいたんだよ」中也が鎌を刺した格好のままで云った。「服の下に隠れるように、全身に巻きつけてな」

「そしてその一端《いったん》に、僕が触れる」太宰が自分の持った布を掲げる。「するとどうなる？」

「君の触れた布は……異能が無効化される」蘭堂は苦しそうに云った。「つまり……亜空間衝撃波を断絶する、〝鎧《よろい》〟として機能した訳か……」

「そういうこった」

中也が鎌を引き抜いた。

傷口から、おびただしい血液があふれ落ちる。

周囲を浮遊《ふゆう》していた瓦礫や石礫《いしつぶて》が、力を失ってがらがらと地面に落ちた。

「何と、いう……恐《おそ》るべき、子供達……」

気道に侵入《しんにゅう》した血液が、蘭堂の口からあふれ出してこぼれる。己の血溜《ちだ》まりに落ちて混ざり、濡《ぬ》れた音を立てた。

明らかに──致命傷《ちめいしょう》だった。

昔。


あるところに、ふたりの諜報《ちょうほう》員がいた。

ふたりは同僚《どうりょう》であり、相棒であり、親友だった──誰《だれ》よりも信頼《しんらい》のおける、兄弟同然の間《あいだ》柄《がら》だった。

少なくとも、一方はそう思っていた。

ふたりはどんな死地にも、決して怯《ひる》まなかった。それは愛国心のためではない。名誉《めいよ》のためではない。お互《たが》いがいるなら、何かを恐れる必要はないと知っていたから。相棒を守るために、恐怖《きょうふ》やためらいは必要ないものと信じていたから。

少なくとも、一方はそう思っていた。

ある日、ふたりに任務が下った。敵国に潜入《せんにゅう》し、強大な兵器を奪《うば》ってくること。

危険な任務だ。援護《えんご》もなし、後方支援もなし、内部協力者もなし。それでもふたりは任務を引き受けた。そして潜入した敵施設《てきしせつ》で──〝それ〟を見つけた。あまりに異様なそれを。

これを敵国に置いておく訳にはいかない。祖国に持ち帰り、研究者達の手に委《ゆだ》ねなくてはならない。こんなものを残しておいたら、更《さら》なる争いの火種へと発展するだろう。何としても持ち帰らなくては。

――少なくとも、一方はそう思っていた。

亜空間が消え、元の青空が広がっていた。

天井《てんじょう》が破砕《はさい》され廃墟《はいきょ》のようになった造船所跡地《あとち》に、蘭堂が力なく倒れていた。

「そうか……ポール、そうか……君は……」

「何か云い残す事はあるかい、蘭堂さん？」太宰が静かな口調で訊《たず》ねた。「もし思い残しがあるなら、僕達ができる範囲《はんい》で――」

「いいや……無い……」蘭堂が力のない瞳《ひとみ》で云った。輝《かがや》きが消えようとしている。「つい先程《さきほど》……中也君の異能を受けた時……思い出したのだ、親友の……ポールの最期《さいご》を」

蘭堂は両手をついた。それでも体重を支えられず、己《おのれ》のつくり出した血溜まりの中に没《ぼっ》する。

「裏切っ、たのだ……、彼は、土壇場《どたんば》で……」蘭堂の瞳の中で、命の灯《ともしび》が消えそうに瞬《またた》く。

「脱出中《だっしゅつ》に、彼は……私と祖国を、裏切った。そして私を殺そうと、背後から……。すんでで躱《かわ》した私とポールは、死闘《しとう》を繰《く》り広げ、そして私は彼を……親友を、この手で……」

「そうか」太宰が、足下《あしもと》に落ちるような小声で云《い》った。「異能諜報員同士が戦えば、当然周囲も無事では済まない。騒《さわ》ぎになる。それを軍に察知され、部隊に取り囲まれたのか。だからこそ苦肉の策に、《荒覇吐》を取り込むしかなかった……」

蘭堂は血に没しながら、仰向《あおむ》けに転がった。そして澄《す》んだ瞳で中也を見た。

「中也、君……ひとつ、いいか……？」

「何だ」

「生きよ」

囁《ささや》くような声で、蘭堂は云った。

「君が何者で、どこから来たのか……知る術《すべ》はもはやない」喘鳴《ぜんめい》に近い声で、蘭堂は云った。「だが君が……力の表層の模様に過ぎぬとしても……君は君だ。何も、変わらぬ……すべての人間、すべての人生は……脳と肉体、それらを含《ふく》む物質世界の模様に……美しき模様に、過ぎないのだから……」

中也も太宰も、黙《だま》ってその言葉を聞いていた。

二人とも、その言葉から重い何か、決して聞き逃《のが》してはならない何かを、汲《く》み取っていた。

「不思議だ……少しも、寒くない……」蘭堂は小さく微笑《ほほえ》んだ。「あれ程寒かった筈《はず》の、世界が……ポール、君も……この暖かさを……最期に……感じ……」

蘭堂の手が、血の中に落ちた。

血滴《けってき》が跳《は》ねて音をたて、やがてまた静かになった。

深紅《しんく》の亜空間《あくうかん》が静かに去ってゆき、元通りの青空が頭上に広がっていた。

だが元に戻《もど》らないものもあった。もう寒さを感じない男の体。そして、その体を見つめ立ち尽《つ》くす、二人の少年の心。

一陣《いちじん》の風が、彼等の魂《たましい》を眺《なが》めながら流れ、通り過ぎた。

# Phase.05

それから一ヶ月が経《た》った。

昼と夜が繰り返され、街では悲劇と喜劇が繰り返された。『荒覇吐事件』と名付けられた一連の破壊騒動《はかいそうどう》は、蘭堂の単独犯として処理された。マフィアを裏切った蘭堂の家は焼かれ、持ち物は海に捨てられた。普通《ふつう》ならば、マフィアの手続きとして裏切者には親族にまで及《およ》ぶ制裁が待っていたが、蘭堂には親族や身寄りと呼べるものは存在しなかった。

遺体は一週間野ざらしにされた後、鄙《ひな》びた共同墓地に埋葬《まいそう》された。


共同墓地に、海からの濃《こ》い潮風が吹《ふ》きつける。

人里から離《はな》れた寂《さび》れた墓地。崖《がけ》にせり出すように並んだ、碑銘《ひめい》のない無表情の墓石の群れ。崖のすぐ先は海で、強い潮風に晒《さら》された墓石はどれも物悲しげに傾《かたむ》いている。

その墓石のひとつに、少年が一人、くだけた姿勢で腰掛《こしか》けていた。

「全く、死んだ後まで迷惑《めいわく》なオッサンだぜ」中也がむすっとした顔で独り言を云った。「あんたが生前集めてた記録は、全部マフィアに捨てられちまった。おかげで調査は一苦労だ。八年前にあんたが潜入した軍の施設ってのが何だったのか、《荒覇吐》は何故《なぜ》そこにいたのか、これで手がかりはなくなっちまった」

中也の視線の先には、白く新しい墓標がある。どこかから調達してきた古い石らしく、ところどころが欠けて崩《くず》れている。

墓石の根元に、小さな蒲公英《たんぽぽ》が一輪、儚《はかな》げに咲《さ》いて揺《ゆ》れていた。

「まあ、仮にあんたが生きてても、そのへんの話は誰にも云わなかったんだろうけどな……」

下半身で反動をつけて、中也は座っていた墓石から降りた。ジャケットに両手を突《つ》っ込み、蘭堂の墓石に背を向け歩き出す。

「んじゃな。また来るぜ」

崖に面した小径《こみち》を歩いていく中也の眼前を、少年の姿が遮《さえぎ》った。

「ここにいたのか。捜《さが》したんだぜ中也」

「白瀬《しらせ》……」

銀髪《ぎんぱつ》の少年だった。電子遊戯場《ゲエムセンタア》で中也を捜していた《羊》の三人組のうちの一人だ。

「俺に何か話でも?」中也が訊ねた。

「お前に謝ろうと思ってさ」銀髪の少年が肩《かた》をすくめた。「前に口喧嘩《くちげんか》しちゃっただろ？　電子遊戯場でさ。あの後、僕も反省したんだ。お前のやりたいことを、僕達の都合で邪魔《じゃま》しちゃ駄目《だめ》だってね。あの時お前は、どうしても犯人を捕《つか》まえたかったんだろ？　それなのに僕達は《羊》の報復作戦を優先しろ、なんて云っちゃって……正しいのはお前のほうだ。お前に頼《たよ》りっきりで他《ほか》の方法を作ってこなかった、僕達が悪かったんだよ」

中也は意外そうな顔で、仲間の台詞《せりふ》を聞いていた。

銀髪の少年が続ける。

「今回のことでよく判《わか》った。《羊》の問題が、どこにあるかって事がさ」少年は小さく笑って云った。「それで皆《みんな》で相談して、解決する方法を決めた。聞いてくれるか？」

中也は当惑《とうわく》の混じった声で「そうか」と云い、歩き出した。

「ま、お前達が決めたんなら聞くよ」中也は小さく息をついて、少年の横を歩いて抜《ぬ》けた。「俺も今回の事件でちっとばかし疲《つか》れた。休みが増えるなら願ったりだからな。……歩きながら話そうぜ。どんな方法なんだ？」

中也は少年の横を通り抜けたあと、ぶらぶらと崖沿いの道を歩きはじめた。

海からの風がひときわ強く吹いて、墓地の雑草をさわさわと揺らした。

何かが強く中也の背中にぶつかって、どん、と音を立てた。

中也がつんのめった。

「これが解決法だよ」

中也がゆっくりと振《ふ》り向いた。背中に、銀髪の少年が体を押しつけている。

「……お前……」

少年が体を離すと同時に——中也が体勢を崩し、倒《たお》れた。

その背中に、真新しい短刀が突き刺《さ》さっていた。

深く刺さった短刀の根元から、じくじくと鮮血《せんけつ》がにじみ出していく。

「心底油断してる時に、視界の外から攻撃《こうげき》する。そうすりゃ重力を使う暇《ひま》もない」銀髪の少年が顔に笑《え》みを貼《は》りつけて云った。「そうだろ、中也？　よく知ってるよ。長い付き合いだからね」

「何の……心算《つもり》だ……」中也が苦しそうに呻《うめ》き、起き上がろうとする。だが手足が震《ふる》え、力が入らない。

「あんまり動かないほうがいいよ。刃《は》に殺鼠剤《さっそざい》を塗《ぬ》っておいたからね」銀髪の少年の笑みが深まる。「当分は手足がしびれて、いつもみたいな動きはできないだろうさ。可哀想《かわいそう》に、お前が今ほど強くなけりゃ、こんな酷《ひど》い目に遭《あ》わずに済んだのに」

「何の、事だよ……？」

中也が背中の傷を庇《かば》いながら、どうにか振り返って少年を睨《にら》む。

「これさ」

銀髪の少年が指を振る。同時に、無数の兵士が墓地の向こうから現れ、中也に小銃《しょうじゅう》を向けた。

「こいつらは……《GSS》の、兵士共……」

完全装備の傭兵《ようへい》が、崖際《がけぎわ》に倒れる中也を半円状に包囲していた。

「これが僕達の決定だよ。……《羊》は《GSS》と手を組む」

少年が云《い》うと、兵士達の間を縫《ぬ》って、銃で武装した少年達が現れた。皆一様に厳しい表情をし、中也に銃口を向けている。

「お前が悪いんだぜ、中也」銀髪の少年が、笑顔のまま中也を睨んだ。「皆、今回の件で気がついたんだ。『もし次、中也が本当にマフィアに味方する気になったら、どうしよう?』ってね。誰《だれ》だって簡単に想像がついた。もしそうなったら、今の《羊》には為《な》す術《すべ》がない。皆殺しにされるだろう。だって僕達は、中也の物凄《ものすご》い能力に頼りきりだったんだからね。何十人もの仲間達の命を、たった一人の誰かの気分に左右させる訳にいかないんだよ。こういうのを『脆《ぜい》弱《じゃく》性』って云うんだ。小さな穴から侵入《しんにゅう》した洪水《こうずい》が要塞《ようさい》を滅《ほろ》ぼすような、組織の脆弱性。……難しい言葉だけど、中也に判るかな?」

「手前《テメエ》……。俺が、仲間を、裏切る訳……」中也が青白い顔で唸《うな》った。その顔には、びっしりと汗《あせ》が浮《う》かんでいる。毒が回ってきているのだ。

「その点、《GSS》は気分で態度を変えたりしない。利益がある限りは信頼《しんらい》できる。ポートマフィアっていう強大な敵に立ち向かうには、このほうがずっと賢《かしこ》いやり方なんだよ」

中也は荒《あら》い息をつきながら周囲を見た。《GSS》に交じって銃を構えている、少年達を見る。つい数分前まで仲間だと思っていた少年達は、今では恐《おそ》ろしい獣《けもの》を見るような目つきで中也を睨んでいる。

「そう、かよ……」中也は苦しそうに息をつきながら云った。「俺がやってた、事は……全部、迷惑だったって……事か……」

「お前には感謝してるよ、中也」銀髪の少年が腰《こし》に挟《はさ》んでいた拳銃《けんじゅう》を抜いて、中也に向けた。「《羊》は身寄りのないお前を迎《むか》え入れた。けどその恩は、十分返して貰《もら》ったよ。だから中也……もう休め。死んで《羊》に、最後の貢献《こうけん》をした後で」

銀髪の少年が、兵士達に顎《あご》で合図を出した。「殺せ」

無数の銃口が、一斉《いっせい》に火を噴《ふ》いた。

最初に命中した銃弾《じゅうだん》を、中也は異能で停止させた。だが数が多すぎる。《羊》は中也を殺すのにどの程度の銃弾が必要か把握《はあく》していた。豪雨《ごうう》のように降り注ぐ弾丸が、中也へと殺到《さっとう》する。

中也は動かない手足で地面を転がり、銃弾を避《よ》けた。雑草の生えた大地に銃弾が突き刺さり無数の穴を穿《うが》つ。

包囲から遠ざかるように転がってから、中也は自分の足裏に高重力をかけた。体が地面にめり込む。大地に罅《ひび》が入り、すぐに広がる。銃弾で傷つけられた地面は、その変形に耐《た》えられない。

崖際を削《けず》るように、大地が砕《くだ》けた。

大量の土砂《どしゃ》と共に、中也は崖下へと落ちていく。

崖の下は、荒波が砕ける海だ。

「崖下に逃《に》げた！」銀髪の少年が叫《さけ》ぶ。「毒で異能が弱ってるとはいえ、この程度の高さじゃ死なない！　急いで追え！　確実に殺すんだ！」


白い波が砕け、崖下の岩塊《がんかい》を洗う。

崖下の道なき道を、中也がふらつく足取りで登っていた。

「く、そ……」中也が両手を濡《ぬ》れた岩につきながら云った。「傷が、深いぜ……」

中也は背中の傷口に意識を集中させる。刺さったままの短刀に弱い重力が発生し、ゆっくりと体から引き抜かれて海へと落ちた。

回った毒が、異能も、身体能力も、格段に弱らせていた。

無敵の中也をどうやったら殺せるか、《羊》は熟知していた。

当然だ。蘭堂と違《ちが》って、中也は《羊》に己《おのれ》の手の内を隠《かく》そうとはしなかった。隠す筈《はず》がない。彼等は仲間なのだから。

崖の上で、兵士が何かを叫びながら駆《か》け回っている。崖下に散発的に銃を撃《う》ち込む音もする。遠からず、兵士達は中也を取り囲むだろう。《羊》の隠れ家、武器の隠し場所、犯罪記録……あらゆる弱点を知っている中也を、生きて逃がす筈がない。

中也の口元には、無意識の笑みが浮かんでいた。

「何が、リーダー、だ……」波の飛沫《しぶき》をかぶりながら、中也が口の中で云う。「俺が一番、組織を駄目に、してたんじゃねえか……」

岩を摑《つか》み、体を持ち上げる。まばらに木が林立する斜面《しやめん》に出た。濡れた体を引きずるように、木立のあいまを歩いていく。

ふと——前方に影《かげ》が差した。

小柄《こがら》な人影。回り込まれたかと中也は厳しい顔をしたが、違った。

「やァ中也。大変そうだね。手を貸そうか？」

太宰だった。

「太宰……なんで、ここに……」中也が茫然《ぼうぜん》と呟《つぶや》く。

「仕事だよ。僕がマフィアに入るって云ったら、森さんは飛び上がって喜んでねえ。早速《さっそく》いいものをあげようって云って、部隊の指揮権と、ついでに初仕事を押しつけられたんだ」

太宰に従うように、無数の人影が現れる。

黒服を纏《まと》い、黒い小銃を抱《かか》えた、無表情のマフィアの群れ。慈悲《じひ》の一片《いっぺん》も持ち合わせない、機械のようなマフィア構成員達だ。

「マフィアに敵対する《羊》と《GSS》が同盟を結んだらしくてね。完全な連携《れんけい》を取られる前に叩《たた》かなくちゃならないんだってさ。そういう仕事。ま、大して難しくないよ。昼食までには片付く」

中也は傷口を押さえ、荒い息をつきながら云った。

「何が……狙《ねら》いだ」太宰を見る目が鋭《するど》くなる。「偶然《ぐうぜん》俺と、出くわしたなんて、云うんじゃねえ、ぞ……。俺を助けて、恩を売る、気か……？」

「恩？　助ける？　そんな訳ないでしょ。君なんか大っ嫌《きら》いだし。僕達はただ敵を皆殺しにするために来ただけ」

「皆殺し……？」中也の顔が凍《こお》りついた。「《羊》の奴等《やつら》も、か？」

太宰は何か云いたげな笑みで、中也を数秒の間黙《だま》って眺《なが》めていた。

それから口を開き、含《ふく》みのある口調で云った。

「そうだ。皆殺しが作戦の方針だ。危険な敵組織だからね。とはいえまあ、もし同僚《どうりょう》の誰かが……敵の内情を詳《くわ》しく知る誰かが、殺さずに相手を弱らす方法を教えてくれる、っていうなら、作戦方針を修正してもいい」

「同僚の、助言、だと？」中也が厳しい顔で云った。

「そう。ポートマフィアの同僚。敵の助言は信用できないけど、仲間の助言なら信用できる。そういうもんでしょ、組織って？」

中也は黙った。

太宰が何を云おうとしているか、理解したからだ。

「そういう、事か」中也はかすれ声で云った。「取引、って訳だな？」

「さてさて、どうでしょう」太宰ははぐらかすように微笑《ほほえ》んだ。「ただまあ、僕に電子遊戯勝負で負けた誰かさんは、マフィアに入ったら召使《めしつか》いの犬としてさんざん使われる運命にあるだろうねえ」

中也は苦しそうに息をつきながら太宰を睨《にら》んだ。汗が流れても、脚《あし》が震《ふる》えても、視線を外さなかった。すべての答えがその顔の表面に書かれているとでもいうように、じっと見た。

遠くから、兵士達の跫音《あしおと》と銃声が聞こえてきた。時間が迫《せま》っている。

「《羊》の構成員は……子供は、殺すな」肺腑《はいふ》から絞《しぼ》り出すように、中也は云《い》った。「あいつらには……世話になった」

「いいとも」太宰はそう云って笑った。「皆《みんな》、聞いたね？　仕事の時間だ。先刻打合せした通り、未成年には傷ひとつ負わせちゃ駄目《だめ》だよ。行こう——マフィアが夜の恐怖《きょうふ》の代名詞だった頃《ころ》を、敵に思い出させてやろうじゃあないか」

太宰が堂々と林を歩く。それに従う死の従者のように、マフィアの黒服達が無言で従い、木立の奥へと消えていった。

その後ろ姿を見つめながら、中也は不意に気がついた。

「そうか」中也は云った。「この状況《じょうきょう》まで全部……組み立ててやがったのか。電子遊戯場で電話をかけた、あの時から……俺への不信を、《羊》に植えつけるために……」

電子遊戯場で、太宰は森に《羊》の人質《ひとじち》を解放するよう電話をかけた。それによって《羊》は中也が戻《もど》ってくる事を期待したが、犯人に会うという目的を持つ中也は事件を優先した。その真の目的も、仲間に説明しなかった。その結果、《羊》は気がついた。自分達の安全は、中也の気分次第《しだい》なのだと。

すべて太宰の狙い通りだったのだ。

太宰は中也が《羊》に追われる今の状況まで読んでいた。そして森に自ら作戦を提案し、支《し》援《えん》の兵を動かさせた。そして中也が絶対に断れない今という状況まで待ってから、取引を持ちかけたのだ。

「悪魔《あくま》、か……あの野郎《やろう》」

中也は傷口を押さえて立ち上がった。そして太宰が消えていったほうを見た。漆黒《しっこく》の少年が作る未来を予見する、目に見えぬ徴候《サイン》を探すように。

そして云った。

「……上等じゃねえか……」

# Epilogue

マフィアビルの地下通路を、太宰が歩いている。

長く、白く、殺風景な廊下《ろうか》だ。装飾《そうしょく》は蛍光灯《けいこうとう》と、点在する消火器だけ。敵襲撃《しゅうげき》時に使用するための、緊急避難《きんきゅうひなん》通路だった。

太宰は左足を怪我《けが》し、松葉杖《まつばづえ》をついている。そして太宰の隣《となり》には、白衣姿の森、それに人形を抱えた小さな児童が並んで歩いていた。

「――という訳で、これが君の次の仕事だ」

森が云った。

「ふうん。この子供が異能者、ねえ……ねえ君、ちょっと今ここで異能を使ってみてよ」

太宰が傍《かたわ》らを歩く児童に話しかける。児童の外見は五、六歳程度。太宰の呼びかけに何の反応も示さず、ただ人形を抱えてじっと前方を見つめている。

「云っただろう、この子はまだ自分の意志で異能の使役《しえき》ができない。そのために、具体的にどんな異能かもよく判《わか》らないんだ」森が児童の頭に手を置いて云った。「知り合いの病院で、同室の子供に怪我をさせる子供の話を聞いて、引き取ってきたんだ。噂《うわさ》では、この子は指一本動かさずに、相手に重傷を負わせるらしい。万一のことがあっては危険だから、異能の効かない太宰君に異能の正体を判別して貰《もら》いたい、という訳だよ」

太宰は無遠慮《ぶえんりょ》に小さな子供をじろじろと見た。

「きゅうさく！」児童が突然《とつぜん》、楽しそうに云った。「うふふふふ！　ぼく、きゅうさく！　ねえあそぼう？　あそぼうよ？」

「はいはい。大きくなったらね」太宰はどうでもよさそうに返事をした。

同じ廊下を、二つの靴音《くつおと》を響《ひび》かせながら、二つの人影が歩いていた。

「以上が会合の概要《がいよう》じゃ」人影のうちひとつ——背の高い和装の女性が云った。燃えるような紅蓮《ぐれん》の髪《かみ》を、簪《かんざし》でひとつにまとめている。「何か質問はあるかのう、新入りの坊主《ぼうず》？」

「坊主はやめて貰えませんかね」もうひとつの人影——中也が云った。「んじゃひとつ質問。何故《なぜ》俺を会合に連れてくんすか、姐《あね》さん？」

「お前こそ姐さんは止《や》めよ。私《わっち》はまだそんな齢《よわい》ではない」和装の女性が中也を睨んだ。「連れて行く理由は無論、後学のためじゃ。今回の会合の相手は、さるマフィアのフロント企業《きぎょう》。森殿《どの》が新たに得た、貿易会社の社長じゃ。出された茶のひとつ、会話の間のひとつが交渉《こうしょう》の趨勢《すうせい》を左右する。以前のように相手の頭をかち割っておれば解決した時代ではもはやないと、早《はよ》う理解して貰わんとのう」

「はあ……」中也は納得《なっとく》のいかない顔で頭を掻《か》いた。「しかし、俺みたいな奴《やつ》が同席して、何か失礼があったら……向こうを怒《おこ》らせちまったら、どうするんですか？」

「その時はその時じゃ」和装の女性は袖《そで》で口元を隠《かく》し、楚々《そそ》と笑った。「その程度で傾《かたむ》く屋台骨であれば、いっそ派手に倒《たお》れさせたほうが粋《いき》と云うものじゃ」

「……そんなモンですか」

中也は困った顔で云った。

そして――廊下の向こうから、声が近づいてくる。

「ねえ森さん、この子、男の子？　女の子？」

「そういえば……聞いてなかったなあ。後で書類を確かめておこう」

そして——廊下の向こうから、声が近づいてくる。

「ところで坊主。お主が抱《かか》えるその黒帽子《くろぼうし》。昨日は持っておらんかったが、どうしたのじゃ？」

「ああ、これですか。これは……」


二人の少年の声が、交差した。

それは或《あ》る日、或る時刻、或る廊下。

歴史にも残らない、とりたてて記憶《きおく》にも残らない、平凡《へいぼん》な出来事。

「……あー!!」

「あああああ！　手前《テメ》ええ！」

少年の叫声《きょうせい》が、廊下を満たした。

大人達が驚《おどろ》いた顔で二人を見た。

「中也！　何のために君を組織に入れたと思っているんだ！」太宰が怒声《どせい》とともに中也に詰《つ》め寄った。「君は僕の犬だろう！　足がかゆいと云《い》われれば足を掻き、そばが食べたいと云われればそば屋を脅《おど》して連れて来、演劇を観《み》たいと云われれば一人で上演してみせるのが君の仕事だ！　それを何だ、それも紅葉《こうよう》さんの直麾《ちょっき》部隊？　出世コォスか、順風満帆《まんぱん》か！　若いんだから下積みしろこの小型生物！」

「手前が云うなこの裏工作野郎！　俺は俺の意志でマフィアに加入してんだ、手前の部下にもならねえし犬にもならねえ！　手前の企《たくら》みなんぞ知ったことか！」中也が負けじと食ってかかった。「それに後で調べたらあの電子遊戯台、俺の操作盤《ばん》のほうに誰《だれ》かが飲料水をかけてたせいで釦《ボタン》操作が利《き》きにくくなってたらしいじゃねえか！　無効試合だあんなもん！」

「あーはーん？　負け惜《お》しみかい中也？　僕が不正をした証拠《しょうこ》がどこにあるというのだね？　それとも何かい、君は僕が『今週の負け惜しみ中也』なる会報を組織全体に配布しているのを知って、早速《さっそく》その最新号への記事協力をしてくれようとしているのかな？」

「誰が手前なんぞに協力……待て、待て待て！　加入の挨拶《あいさつ》をした時、皆《みんな》に微妙《びみょう》な笑いがあったのは、その会報の所為《せい》かよ！」

ぎゃあぎゃあと喚《わめ》きあい罵《ののし》りあう二人の少年。

それを仕方なさそうに見守る大人達。

「新首領殿、本当にこの二人を同じ組織に入れて善かったのかえ？」和装の女性が森に訊《たず》ねた。

「善《い》いんだよ、紅葉さん」森は笑顔《えがお》で云った。「同じ組織だから善いんだ」

森は中也が握《にぎ》った帽子を見つめていた。

黒い鍔《つば》つきの洋風帽子だ。それは中也の正式マフィア加入の日、森が中也に与《あた》えたものだった。

「何だ、この黒帽子？」

数日前――マフィアビル最上階の執務室《しつむ》で、中也は帽子を眺《なが》めていた。

「マフィア加入の徽《しるし》だよ」中也の向かいに立った森が、微笑《ほほえ》んで云った。「マフィアでは普通《ふつう》、新人を勧誘《かんゆう》した者が責任を持って面倒《めんどう》を見る。その徽に、身につける品をひとつ購《か》って与える習わしがあるのだ。太宰君には黒外套《くろがいとう》を与えた。君にはこれだ」

「古い帽子だな」中也は黒帽子を引っ繰《く》り返して子細に眺めた。「趣味《しゅみ》は悪くねえが……太宰が着てた外套は新品だったぜ。なんで俺のだけ古着屋で購った奴なんだ？　予算不足か？」

「古着屋で購ったのではないよ」森は苦笑《くしょう》して云った。「それは蘭堂君の遺品だ」

中也がはっとして森を見た。それから帽子を丁寧《ていねい》に持ち、もう一度眺めた。

「蘭堂君の遺品は殆《ほとん》ど燃やして捨てたが、その前に一度すべて目を通した」森は自分の執務机に座りながら云った。「彼は死の二ヶ月ほど前、かつて諜報《ちょうほう》員として行った最後の任務について、調査をしたらしい。恐《おそ》らく少しずつだが記憶が戻《もど》りはじめていたのだろう。その時の調査記録が残っていた。潜入《せんにゅう》した秘密施設《しせつ》とは何か、相棒の行方《ゆくえ》についての情報、そして――軍が保有していた《荒覇吐》なる生命体についての調査記録だ」

中也が相手の真意を読むように森の顔をじっと見た。だが森は奥の見通せない霧《きり》のような微笑みを浮《う》かべたまま、台詞《せりふ》の続きを話しはじめた。

「彼もそれほど真相に迫《せま》った情報を得られた訳ではなかった。だが、それでも幾《いく》つか新たな情報を摑《つか》んでいた。どうやら彼が潜入した施設というのは、異能と既存《きそん》の生物を組み合わせる、軍の研究を行う施設だったらしい。いわば、人工異能の研究だ」

「軍の……人工異能？」

「もうひとつ。《荒覇吐》という呼び名は、八年前の爆発《ばくはつ》を目撃《もくげき》した人々がつけた名だ。当然ながら《荒覇吐》は、研究施設では別の名で呼ばれていた——『試作品・甲《こう》二五八番』という名でね」

中也が目を見開いた。

森はしばらく中也の反応を確かめた後、執務机の抽斗《ひきだし》を開けて、中から書類封筒《ふうとう》を取り出した。

「これが蘭堂君が集めた一連の資料だ」森は封筒を中也のほうに掲《かか》げて見せた。「他《ほか》にも色々と興味深いことが書かれている」

「そこに……真相が」中也は無意識に手を伸《の》ばした。「《荒覇吐》の、俺の正体が……」

しかし、中也が封筒に触《ふ》れる寸前、森はすっと封筒を引いて中也から遠ざけた。

中也が疑問の表情で森を見た。

「悪いが、これは組織の裏切者が隠し持っていた資産だ」森は普段《ふだん》と変わらない笑顔を中也に向けて云った。「本来は焼き捨てるべき代物《しろもの》だ。故《ゆえ》にそう簡単には開示できない。これを閲覧《えつらん》できるのは、組織でも幹部級以上の人間に限られる」

中也は身じろぎせず、静かに森を見つめた。

短く、凝縮《ぎょうしゅく》された数秒間が、二人の間に音もなく流れた。

「成果を挙げて幹部にならなきゃ、その資料は見られない……か」中也は云った。「俺の裏切りを心配して、その予防策を打ったって事か？」

「そんな心配はしていないよ」森は教師のように微笑んだ。「心配すべきなのは君のほうだ」

「何？」

「太宰君の心配だよ。君達二人はどちらも飛び抜《ぬ》けて優秀《ゆうしゅう》で、かつその実力はほぼ同等だと私は見ている。だが首領直轄《ちょっかつ》の部下として仕事にあたる太宰君のほうが、幹部になるのはほんの少し早いだろう。もし彼のほうが先にこの資料を閲覧する権限を得たら、どうすると思う？君に貸しを作るため、資料を暗記してから焼き捨てると思わないかい？」

中也の顔色がさっと白くなった。

もしそんな事になれば——太宰から資料の情報を引き出すため、どれだけ地獄《じごく》の苦労を味わなければならなくなるか、一瞬《いっしゅん》で予想がついたのだ。

「金剛石《ダイヤ》は金剛石《ダイヤ》でしか磨《みが》けない」森は満足げに微笑んで云った。「君達二人が切磋《せっさ》琢磨《たくま》して貢献《こうけん》してくれれば、組織は安泰《あんたい》だ。暴力と恐怖《きょうふ》、殺戮《さつりく》に頼《たよ》らずとも先代を超《こ》えられる。私はそれを証明したい」

中也は言葉にならない思いで、その台詞を聞いていた。

「俺は」絞《しぼ》り出すような少年の声で、中也は云った。まだ痛む背中の傷に、そっと手をやりながら。「俺は《羊》のリーダーだった。だが俺が仲間に与えられたのは、依存《いそん》とその裏返しの不安だけだった。あんたの組織に入って、あんたの命令に従う事に、今はそれほど不満はねえ。だがひとつ教えてくれ。組織の長《おさ》とは何だ？」

少年の真剣《しんけん》な眼差《まなざ》しに、森は笑みをふっと消した。

目を閉じ、開いた。そして誰にも見せたことのないような、純粋《じゅんすい》な目で云った。

「長というのは、組織の頂点であると同時に組織全体の奴隷《どれい》だ。組織の存続と利益のためなら、凡百汚穢《あらゆるおわい》に喜んで身を浸《ひた》す。部下を育て、最適な位置に配置し、必要であれば使い捨てる。それが組織のためになるならば、私はどんな非道も喜んで行う。それが長だ。凡《すべ》ては」

森は視線を横にずらし、窓の外に広がる雑多な街並みを眺めた。

「すべては組織と、この愛すべき街を守るために」

中也は、透明《とうめい》な瞳《ひとみ》でその台詞を聞いていた。今生まれてきたばかりとでもいうような無垢《むく》な表情を浮かべながら。

「それが……俺に足りなかったもの」

中也は身を翻《ひるがえ》し、片膝《かたひざ》をついて頭《こうべ》を垂れた。

そして凛々《りり》しく尖《とが》った将兵の声で云《い》った。

「なればこの血潮、すべてを御身《おんみ》のために捧《ささ》げます、首領《ボス》。貴方《あなた》が奴隷となって支えるこの組織を守り、貴方の奴隷となって敵を砕《くだ》く。そして敵に思い知らせましょう。ポートマフィアを蔑《なみ》する者が、どれほど苛烈《かれつ》な重力で潰《つぶ》されるのかを」

膝をつき頭を下げて最敬礼する少年の姿を、森は黙《だま》って見ていた。

その表情には、今までのどんな笑みとも違《ちが》う笑みが——謎《なぞ》めいてもいなければ底知れなくもない、人間が嬉《うれ》しい時に浮かべるごく普通の笑みが——浮かんでいた。

そして一言、「期待しているよ」とだけ云った。

――以上が、マフィア幹部中原中也、及《およ》び元マフィア幹部太宰治が組織へ加入する時に起こった事件の全容である。

その後ポートマフィアは森という新首領の許《もと》で大幅《おおはば》に力を伸ばした。経済基盤《きばん》を確立し、政府と巧《たく》みな共生関係を築いて、司法機関が手を出しにくい体制を作り上げた。

何より大きかったのが、この一年後に起きたかの大災禍《だいさいか》――横浜のすべての非合法組織を巻き込んだ超巨大抗争《ちょうきょだいこうそう》、通称《つうしょう》『龍頭抗争《りゅうずこうそう》』である。横浜黒社会史上最悪とも云われるこの抗争を、ポートマフィアは最小限の被害《ひがい》で乗り切った。それによって疲弊《ひへい》した黒社会の中でマフィアは相対的に版図を広げ、現在の盤石《ばんじゃく》なる支配体制の基礎《きそ》を築いた。

尚《なお》――それに前後して、目覚ましい活躍《かつやく》によって組織に貢献した中也は、予告されていた幹部就任よりもはるかに早く、蘭堂の遺《のこ》した資料を閲覧する機会に恵《めぐ》まれた。

彼の正体の真相、そして消滅《しょうめつ》した研究施設《しせつ》における陰謀《いんぼう》――それらを暴《あば》く過程にまつわる太宰・中也両名の活動については、別途《べっと》報告書を提出する。

以上が『荒覇吐事件』の全容にまつわる報告書である。

この報告書は内務省・第玖《きゅう》番機密資料室の管轄《かんかつ》とし、許可なき者の閲覧《えつらん》、及び持出を固く禁ずる。

以上

資料番号：
伊《い》-41-90-丙《へい》
〈荒覇吐事件ニ於《お》ケル、ポートマフィア異能者ノ活動顛末《てんまつ》〉
報告者：
内務省異能特務課・参事官補佐《ほさ》　坂口安吾《さかぐちあんご》

〈追補資料〉

資料番号：

伊・41・93・甲《こう》

報告者：

[redacted]

機密文書指定――［極秘《ごくひ》］

どれほど深い夜であろうと、ポートマフィアが眠《ねむ》ることはない。

魔都《まと》・横浜の深き闇《やみ》の中心部に沈《しず》むポートマフィア本部ビル、その最上階。

無数にいるマフィアの武闘派《ぶとうは》構成員の中でも、実力と忠誠心の優《すぐ》れた者だけが駐留《ちゅうりゅう》し、護衛している階層《フロア》。首領執務《しつむ》室がある最上階は、マフィアの領土の中でも『別物』だ。それがマフィアに望まれぬものであるならば、人間はおろか、わずかな光であっても侵入《しんにゅう》を許されない。

その部屋の前に、護衛のマフィアが二人、立っていた。

執務室に首領はおらず、彼等が護《まも》るのは無人の部屋のみ。だが二人の表情に油断は一切《いっさい》ない。どのような場所でも、どのような相手でも、感情に揺《ゆ》らぎひとつ起こさず任務を行う。そのような鋼の精神を持つ者しか、この任務は任されない。

会話はおろか咳払《せきばら》いひとつない、静寂《せいじゃく》の夜の警備。

その護衛員が、小さな音を聞きとった。

ことん、という音だ。蚊《か》の鳴くよりもかすかな、自らの呼吸音にまぎれて聞き逃《のが》してしまいそうなほどかすかな音。どこから聞こえたのかは判《わか》らない。だが、何時間も無音で立ち続ける彼ら護衛員が、普段《ふだん》と異なる音を聞き逃すはずがない。

彼は反射的に自分が持つ短機関銃《たんきかんじゅう》を構え、耳を澄《す》ました。

「どうした」

「何か聞こえないか？」

隣《となり》で警備をする同僚《どうりょう》に短く告げて、護衛員は意識を周囲に集中させた。

直後、また聞こえた。ことん、という音。それから紙をめくるような音。今度は聞き逃しようがない。

同僚も短機関銃を構えた。

この時刻、最上階は護衛マフィアを除いては無人。わずかな風すら入り込まぬよう設計されたこの最上階で、自然になにかが物音を立てるなどありえない。

彼等の手前には廊下《ろうか》。背後には執務室。廊下には何もない。となると。

「執務室……か？」

護衛員の全身が音を立てて緊張《きんちょう》した。

同僚に手と視線だけで合図し、扉《とびら》を開けるよう告げる。同僚は手首に鎖《くさり》でつないでいる執務室の鍵《かぎ》を取り出し、三箇所《かしょ》ある鍵穴に差し込んでそれぞれに解錠《かいじょう》した。

そして扉を叩《たた》き開いた。

室内には──背の高い人影《ひとかげ》が立っていた。

月光を背負って立つ、手足の長い青年。書類を持っている。青年はゆっくりと視線を手元の書類から上げ、一言、

「遅《おそ》かったな」

と云《い》った。

「動くな！　何者だ、どうやって入った！」

護衛員が銃を構えたまま叫《さけ》ぶ。

「どうやって？　妙《みょう》な質問だな。普通に入ったよ。そこの扉から、諸君らの横を通り抜《ぬ》けて」

護衛員の表情に怒《いか》りの色が浮《う》かんだ。

そんなはずがない。

彼等は集中して扉を警備していた。一秒だって気を抜いていない。人間どころか、羽虫一匹《いっぴき》が横を通っても気がついたはずだ。

青年は悠然《ゆうぜん》と微笑《ほほえ》んでいる。

月光に青白く切り取られたその姿は、背が高く、弓のようにしなやかで、動作のひとつひとつがどこか魔法《まほう》めいている。夜の海のような色の高級背広には皺《しわ》ひとつ入っていない。銀幕の俳優か、さもなくば古代北欧《ほくおう》の奔放《ほんぽう》な神のひとりのようにも見える。

「資料を読みに来たんだ。これだよ」青年は書類を掲《かか》げて云った。その書類束は、かつて森が中也に見せた書類──蘭堂が集めたとされる、《荒覇吐》にまつわる調査資料だった。「なかなか興味深かったな。特に情報員が追記したこのくだり──『蘭堂のかつての相棒、諜報員《ちょうほういん》のポール・ヴェルレエヌは、相棒を裏切った末に戦闘《せんとう》となり、死亡した』ってとこ。やっぱりあいつ、色々と忘れてたんだな。俺はこうして──生きてるっていうのに」

「書類を置け。抵抗《ていこう》すれば撃《う》つ」

護衛員は短機関銃を油断なく構えて云った。

そして服の裏地に仕込まれた、侵入者があることを警備室に知らせるための警報装置を指で押した。

普段なら、ビル全体に警報装置が鳴り響《ひび》き、すべての通路が隔壁遮断《かくへきしゃだん》されるはずだ。

だが何も起きなかった。

「ああ、期待させて悪いが、何も起きないよ。警備室の人間はついさっき、皆揃《みなそろ》って休暇《きゅうか》を取ってもらったからな。長い休暇を」

青年の足下《あしもと》に、各階の扉を開閉する電子鍵の筐体《きょうたい》が落ちていた。その筐体に誰《だれ》かの血液がついているのを見て、護衛員は瞬時《しゅんじ》に悟《さと》った。

――警備の人間は既《すで》に殺されている。

「本当は穏便《おんびん》に行きたかったんだがな。何しろ俺は喧嘩《けんか》に来た訳じゃない。単に親友の生きた記録であるこの資料と、更装室に置いてあったこの帽子《ぼうし》を、引き取りに来ただけだから」

いつの間にか、青年の手には黒い帽子が載《の》っていた。

それは、中也が森から下賜《かし》された、あの黒帽子だった。

「最後の警告だ。投降しろ。さもなくば五秒後に撃つ」

護衛員はそう云いながら、もはやこの対面は誰かが死なずには終わらないと覚悟《かくご》していた。

本来なら、侵入者を殺すのは最後の手段だ。できれば生きて捕《と》らえ、侵入の目的や首謀者《しゅぼうしゃ》を吐《は》かせたい。それがマフィアの流儀《りゅうぎ》だ。だが、この侵入者は違《ちが》う。マフィアの闇を生き抜いてきた精鋭《せいえい》としての直感が告げていた。奴《やつ》は闇よりも深きもの。おそらく異能者だ。それは通常の戦闘教則が通じないことを意味していた。

次の行動が読める異能者は、死んだ異能者だけ。

だから『五秒後に撃つ』と警告した。それはマフィアの間での符牒《ふちょう》だった。五秒後に撃つ、と云った時は、五秒どころか一秒も待たず、即座《そくざ》に撃つ。

撃て。

護衛員は隣の同僚にそう念じた。

だが誰も撃たなかった。

何をしている、という疑問から、護衛員は隣の同僚を見た。

同僚のマフィアは銃を構えたまま、微動《びどう》だにせず立っていた。

同僚の、首から上がなかった。

「な……」

驚愕《きょうがく》に口を開いた。頭の中で赤い警報音が鳴り響き、反射的に短機関銃の引き金を引いた。

引けなかった。

引き金にかかった指が、切断されて床《ゆか》に落ちていた。

続いて銃身が切断された。

手首が、肩《かた》が、床に落ちた。胴体《どうたい》と腰《こし》と顎《あご》と鼻と頭頂部が切断され、ばらばらと落下した。太腿《ふともも》から下の両脚《りょうあし》だけが、何もなかったかのように、床の上に立ち続けた。

悲鳴すらない、あまりに静かな、二人の人間の死だった。

「やれやれ、よかったよ。こんな静かな月夜に、銃声は無粋《ぶすい》だからな」

侵入者である青年は、安心したような笑《え》みを浮かべた。

それから書類束を執務机に戻《もど》し、部屋の奥、窓のほうへと歩いた。

窓の外には青ざめた月。

「この街のどこかにいるのだろう、《荒覇吐》——中原中也」青年は窓の外を眺《なが》めながら云った。「感謝している。俺の相棒を——元相棒を、俺の代わりに殺してくれたことを。お前は強くなったらしいな。じき迎《むか》えに行く」

そう云って、青年は窓に手を当てた。

その窓は積層強化硝子《ガラス》でできている。首領を護るため、狙撃《そげき》の銃弾《じゅうだん》どころか対戦車砲《ほう》すら防ぐ、耐熱耐衝撃《たいねつたいしょうげき》硝子だ。

「呼吸する天災、心臓の搏《う》つ神、《荒覇吐》。お前は孤独《こどく》だ。お前は誰にも理解されない。お前は人間にも神にもなれず、その中間でもがき、やがて己《おのれ》の両腕《りょううで》のみを抱《いだ》いて死ぬ。——俺のところに来ない限りは」

青年は軽く体を捻《ひね》り、片足を水平に突《つ》き出した。

それは技術的に云えば〝蹴《け》り〟だった。だがそれは蹴術《しゅうじゅつ》と呼ぶにはあまりに軽《かろ》やかで、羽毛《うもう》を振《ふ》ったかのように無音だった。爪先《つまさき》で空中に横線を一本刻んだだけに見えた。

その蹴りの一閃《いっせん》で、強化硝子が粉々に叩き砕《くだ》かれた。

厚さ数糎《センチ》はあろうかという強化硝子が、無数の光の雨となって地上へと降り注ぐ。

「随分《ずいぶん》待った。だがようやくだ」青年の瞳《ひとみ》に、青白い月の昭光が宿って揺《ゆ》れる。「迎えに行くぞ、中原中也——我が弟よ」

そう云って青年は黒帽子を頭に載せ、そっと窓の外へと飛び降りた。

地上の闇《やみ》にその体躯《たいく》が吸い込まれ、やがて見えなくなった。

残されたのは、夜風の音だけ。

夜の帳《とばり》、吹《ふ》き溜《だ》まる影《かげ》の群れ。横浜の夜は長く深く、その底を見通すことは、誰にもできない。


次巻『ＳＴＯＲＭ ＢＲＩＮＧＥＲ』につづく

あとがき

物語の余韻《よいん》にひたっているちょうどその頃《ころ》に、「やあやあ調子どう？」と脳に割り込んでくるこのブレイキングあとがきもお馴染《なじ》みとなって参りました、小説版・文豪《ぶんごう》ストレイドッグスの第六弾《だん》でございます。

今回の小説「太宰、中也、十五歳」ですが、実は昨年の映画「文豪ストレイドッグス DEAD APPLE（デッドアップル）」に来場していただいた方への特典として配布された小説がベースになっております。公開一週目に配布されたのが前作「BEAST」の元であり、そして二週目の特典が本書の元になっています。

そして、本書はそこからさらなる加筆修正がされた「完全版」となっております。新たなシーンがあり、描写《びょうしゃ》の追加があります。特に最後のシーンは映画の入場者特典版にはないものです。

さて、この小説を受注するにあたり、映画の製作委員会様からふたつの条件をいただきました。ひとつは「太宰と中也の話」というリクエスト。そしてもうひとつは、「過去の話」というリクエストです。

ついにこの時が来たか、と私は思いました。

そもそも、中也というキャラクターがはじめて登場したのは、コミックス三巻のこと。そこで「中也と太宰は元相棒である」という情報が語られました。しかしその時にはそれ以上の情報はなく、相棒としてどんな事件を解決したのか、相棒期間はどのくらいか、関係はどんなものだったのか、などは完全なる闇《やみ》の中でした。

それでいい、と当時の私は思っていました。想像は知覚に勝《まさ》ります。歯医者に行く時、一番怖《こわ》いのが待合室にいる時であるように、相棒時代について想像するときに頭の中で自動的に発生する二人の活躍《かつやく》が、最もパワフルな二人の活躍であろう、と思っていたのです。だから語らず、秘密にしました。

その考えは正解でした。少なくとも数年のあいだは。

たくさんの人に、二人の過去について想像してもらうことができました。たくさんの人の頭の中で、相棒としての二人はパワフルに暴れ回りました。暴れ回りすぎて、頭の壁《かべ》をぶち破ってこぼれ出たり、それぞれの頭の中で独自の王国をつくったりしました。

やがて私のもとに、こんな声がちらほら届きはじめました。

「たくさん想像したので、そろそろ答え合わせが欲しい」。

まあそうだよね。そりゃそうなるよね。

そこで私は語りはじめることにしました。できるだけ少しずつ、慎重《しんちょう》に。あんまり皆《みんな》をびっくりさせないように。

それが本書になります。

ここにいるのはコミックス本編から7年前の太宰と中也です。既《すで》に完成されているハードな部分があり、まだ完成されていない柔《やわ》らかい部分があります。7年の時を経て、それぞれが大人へと変化していく、その気配を感じさせます（その変化そのものは、まだ想像力のやわらかい闇の中にあります）。

答え合わせはどうだったでしょう？　想像していた二人と同じでしたか？　それとも違《ちが》いましたか？　少し同じで、少し違うといいなと、作者としては思います。

そして答え合わせは、まだ終わっていません。

重要な謎《なぞ》がいくつも残されています。ここから7年のあいだに起こると予想される出来事のうち、いくつかが語られていません。そこには本書で語ったことより重要な秘密も含《ふく》まれています。

何故《なぜ》こんな風に重大な秘密を隠《かく》すのか？　話の流れからして、ミステリアスな理由や意地悪な理由であろう、と思われるでしょう。真実は単に、特典小説の執筆《しっぴつ》期間が足りなかっただけです（すいません）。

　というわけで物語は次巻「STORM BRINGER」へと続きます。まだ語るべきことは沢山《たくさん》ありますし、きっと次巻でも語り足りないでしょう。しかし「これにて双黒《そうこく》過去編は終《しゅう》了《りょう》！」と言うに足るだけの情報は、すべて詰《つ》め込もうと思っています。

　そうそう、もうひとつ。この「太宰、中也、十五歳」はアニメスタッフ、特に五十嵐《いがらし》監督《かんとく》にも大変好評を頂き、19年4月のTVアニメとなって放映されました。そちらでは美麗《びれい》な映像にカッコいいアクション、何より声優さんの抜群《ばつぐん》の演技により、少年時代の二人が鮮《あざ》やかに再現されています。是非《ぜひ》おおきな画面でご確認《かくにん》ください。

　最後に、映画の製作委員会の皆様《みなさま》、ビーンズ文庫編集部の白浜《しらはま》様、表紙&挿絵《さしえ》を描《か》いていただいた春河《はるかわ》35先生、取次・書店の皆様。そして本書を手にとって頂いた皆様、ありがとうございました。

　次巻でお会いしましょう。

朝霧《あさぎり》カフカ

Special Thanks

〈監修協力〉

原作・脚本協力　朝霧カフカ

漫画　春河35

監督　五十嵐卓哉

脚本　榎戸洋司

キャラクターデザイン・総作画監督　新井伸浩

本書は二〇一八年公開の映画『文豪ストレイドッグス　DEAD APPLE（デッドアップル）』公開二週目入場者特典の小説「太宰、中也、十五歳」を加筆修正したものです。

16歳との差別化で
上着は中に
羽織っていません

負傷後

後の芥川のコート
やや大きめで現時点では
ブカブカな着心地を
意識しています

アニメに合わせて全体変更が入る以前のラフなので
(映画特典小説の頃はギプスが左手でした)
こちらはそのままですね。

前閉めデフォのほうが良ければそうしますが
カラーにした時中の赤シャツが見えているほうが
多分色のまとまりはいいと思います

中。
後
中モコモコ
蘭堂

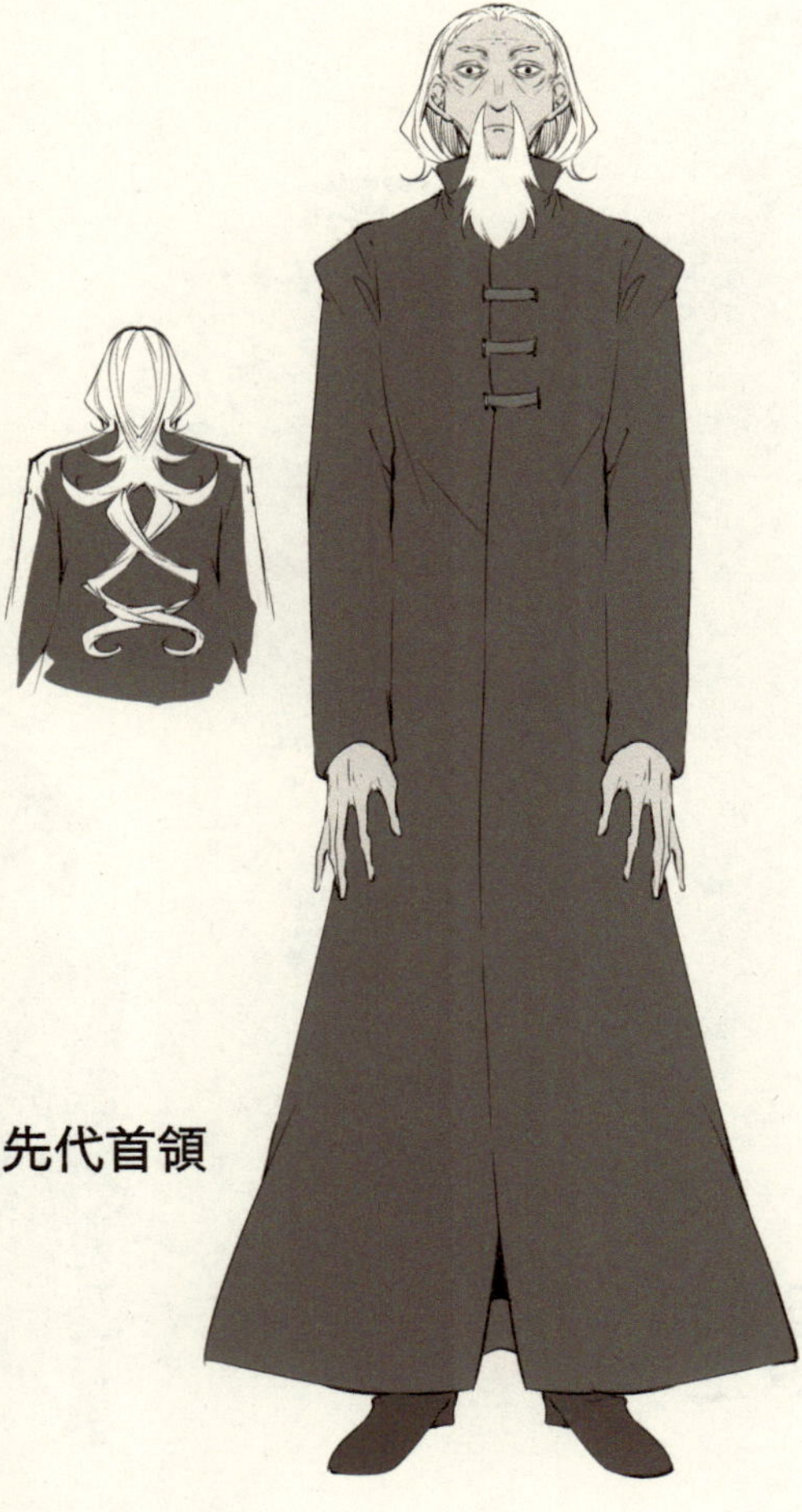

先代首領

ツノ型
ベルト
白瀬の少女

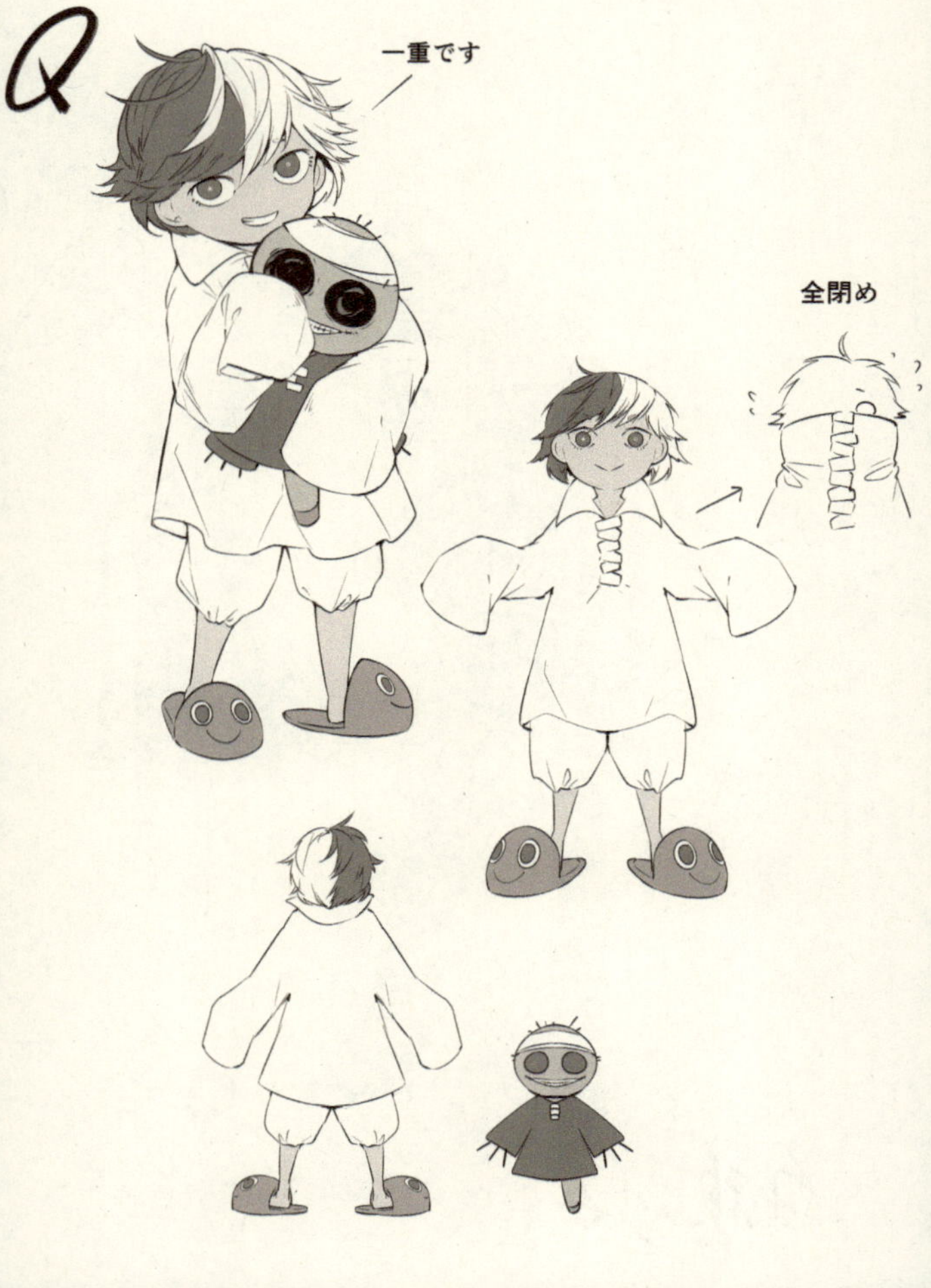
Q
一重です
全閉め

BEANS BUNKO

「文豪ストレイドッグス 太宰、中也、十五歳」の感想をお寄せください。
おたよりのあて先
〒102-8177 東京都千代田区富士見2-13-3
株式会社KADOKAWA 角川ビーンズ文庫編集部気付
「朝霧カフカ」先生・「春河35」先生
また、編集部へのご意見ご希望は、同じ住所で「ビーンズ文庫編集部」
までお寄せください。

文豪《ぶんごう》ストレイドッグス 太宰《だざい》、中也《ちゅうや》、十五歳《じゅうごさい》

朝霧《あさぎり》カフカ

角川ビーンズ文庫 21744

令和元年8月1日 初版発行
令和7年6月25日 21版発行

発行者———山下直久
発 行———株式会社KADOKAWA
〒102-8177 東京都千代田区富士見2-13-3
電話 0570-002-301(ナビダイヤル)
印刷所———株式会社KADOKAWA
製本所———株式会社KADOKAWA
装幀者———micro fish



●お問い合わせ
https://www.kadokawa.co.jp/ (「お問い合わせ」へお進みください)
※内容によっては、お答えできない場合があります。
※サポートは日本国内のみとさせていただきます。
※Japanese text only

ISBN978-4-04-107879-2C0193 定価はカバーに表示してあります。

文豪ストレイドッグス
BEAST
朝霧カフカ
イラスト＝春河35
もし“ポートマフィアの禍狗”芥川龍之介が
武装探偵社に入社していたら？
もし“月下獣”を宿す中島敦が
ポートマフィアに所属していたら？
劇場版公開時に話題を呼んだ
特典小冊子に加筆修正した完全版が登場！
角川ビーンズ文庫

文豪ストレイドッグス
［デッドアップル］
DEAD APPLE
作＝文豪ストレイドッグスDA製作委員会
著＝岩《いわ》畑《はた》ヒロ
本文イラスト＝銃爺《がんじい》
大人気劇場版アニメを
完全ノベライズ!!
好評発売中！
©2018 朝霧カフカ・春河35/KADOKAWA/文豪ストレイドッグスDA製作委員会
角川ビーンズ文庫

の知られざる物語を
の最強タッグで完全小説化!
◆太宰治と黒の時代
太宰・芥川の過去が明らかに――マフィア時代編!
◆太宰治の入社試験
探偵社の凸凹コンビ・国木田と太宰の出会い編!
文豪ストレイドッグス 55Minutes 朝霧カフカ イラスト=春河35
文豪ストレイドッグス 探偵社設立秘話 朝霧カフカ イラスト=春河35
文豪ストレイドッグス 太宰治と黒の時代 朝霧カフカ イラスト=春河35
文豪ストレイドッグス 太宰治の入社試験 朝霧カフカ イラスト=春河35
発行:株式会社KADOKAWA
角川ビーンズ文庫
KADOKAWA

武装探偵社とポートマフィア
原作×漫画
すべての序章――若き日の乱歩&福沢の推理活劇!
◆探偵社設立秘話
ヨコハマ消滅を阻止せよ――敦が時を駆ける!
◆55Minutes

角川ビーンズ小説大賞
原稿募集中！
君の〝物語〟がここから始まる！
角川ビーンズ小説大賞がパワーアップ！
https://beans.kadokawa.co.jp
詳細は公式サイトでチェック!!!
【一般部門】&【WEB テーマ部門】
賞金 大賞 100万円
優秀賞 30万円
他副賞
締切 3月31日
発表 9月発表（予定）
イラスト／紫　真依